JN108392

お嬢様、どうかニンジャはおやめください！

Please don’t be Ninja, my lady!

青本計画

イラスト　乾和音
(artumph)

序章　プロローグ …… 11

第1章　猫のいる屋敷

潜入するは猫屋敷 …… 26
鼠を狩るは屋敷猫 …… 37
窮鼠は猫を噛めない …… 58
閑話・四天王会議1 …… 73

第2章　社交界など行きとうない

妹《ボケ》と兄《ツッコミ》 …… 78
ねこあらし …… 108
閑話・四天王会議2 …… 122
無駄に壮絶な特に意味の無い戦い …… 130
お屋敷動乱してネズミ一匹 …… 140
謀ったな …… 171

Please don't be Ninja, my lady!

第3章　決戦!!　グレイゴースト（笑）

おめかし……188
閑話・邂逅……199
なんぞさえずる者達よ……202
閑話・四天王会議3……233
キャットファイト……236
災難は山津波……254
対決!!　海のリキッド!!……267
私あなたのことスシ……284
などと供述しており……296
一方その頃……301
おわりに……307

特別書き下ろし

お嬢様、どうか○○○だけはマジでおやめください！……315

あとがき……344

序章　プロローグ

プロローグ

お話を始める前に、言っておきたいことがある。

かなり意味のわからない話をするかもだけど、ワシの悩みを聞いてほしい。

そう、ワシことドゥーリンダナ王国東方侯爵アレクサンダー・アブソルートは悩んでいる。

それはもう、悩みに悩みまくっている。ワシの人生史上二番目の難問。またワシだけでなくこれまでの人類史で数多《あまた》の男たちが解を求めて挑戦し、砕け散っていった永遠の謎について。

体調が悪い？　残念、体は絶好調。

奥さんと喧嘩した？　いえいえ、先日も二人で湯治《とうじ》に行きました。

息子がやらかした？　それも大丈夫。三人とも貴族の位に驕った様子はないし、色ボケの兆しもなし。公の場で理不尽な婚約破棄とかもしてない。

家庭が円満なので総じて屋敷の雰囲気は明るい。使用人たちの顔色も良く、自然な笑顔を見せてくれている。従業員満足度には自信のある侯爵家なのだ。

であれば領地経営にトラブルが？　ご心配には及びません、これも異常ナシ。税率は低いし、反乱も戦争も起きていない。自分で言うのもなんだけど善政を敷けていると思う。

加えて海向こうの皇国との交易路を再開拓したところこれが大当たり、多額の利益を上げると共に斬新かつ画期的な技術や文化を取り入れることに成功、ここ最近の領内は王国でも他に類を見ない発展を遂げている。

また財政の余裕は領地全体の余裕に繋がり、十年前に比べ街は人で賑わい、経済は活気に溢れている。社会保障の充実も図り、犯罪や貧困の発生率も低い水準を維持。

ちょっと視察に足を運べば愛すべき民草は笑顔で歓迎してくれる。

なんかこう、満足。

ならば仕事環境が劣悪？　いやね、それが最近快適なのよ。宮廷では面倒な政敵がちょっかいを出してこなくなったし、敵対派閥からの嫌がらせも減った。

なんだか宰相は妙に優しいし、陛下は会う度に褒めてくださる。

嬉しい。

じゃあ何が不満なんだ!?　ええ、そういう意見も尤《もっと》もだろう。

順調で好調で快調だ、これ以上何かを望むべくもないほどに贅沢な環境にいる。

ゆえに悩みと言えばそれはもちろん幸せ太――すみません嘘です。殴らないで。卵投げないで。

と、冗談はさておき。いや冗談ってことにしておきたいのだけど。

とりあえず今の状況を説明しておこう。時刻は良い子が寝る時間、月の無い夜。場所は小さな山の中腹に立つ侯爵家の屋敷。カンテラの淡いオレンジ色の光が幽《かす》かに照らす薄暗い一室でのこと。

そこにワシを含め三人の人間がいる。

「お館様、続いての報告ですが」

「ああ、うん、続けて？」

「こちらはアンダーソン伯爵家の脱税の証拠となります。実に巧妙に隠していたようですが彼の地の商人を締め上げたところ白状いたしました。行き遅れの御息女の贅沢三昧が原因で家計が困窮し、その補填が目的らしく特に何かを企んでいるということはないようです。ただ、どうやら数年前からの常習犯らしく合計するとそれなりの金額に。アンダーソン伯爵は敵対派閥の人間、煩い時はこの件をちらつかせれば大人しくなるのではないかと。どうかご留意ください」

そう語るのは忍装束に身を包んだまだ幼げな娘。

どこから持ってきたのか極秘資料を片手に「ククク……」と黒い笑みを浮かべている。

聞いて聞いて。この娘ね、侯爵令嬢なの。ワシの娘なの。

愛人の隠し子とかそんな事情は一切無いよ。正真正銘正妻の子供だよ。

どうしてこんなことになってるんだろうね。意味わかんない。

うっ、頭が……。

なんてことをしていると、また新しい資料が出てきた。

「続きまして……」

続かないで。

「領内への禁止薬物の密輸を画策していた商会がありましたので、事前に潰しておきました。ポーションの材料にするつもりだったらしく『皇国の輸入品にシェアを奪われてむしゃくしゃしてやった。生活が苦しく仕方がなかった。今は反省している』などと供述していますが、怠慢の言いわけにしても聞き苦しいかと。急を要する案件でしたので事後報告になってしまい、申しわけございません」

謝るところはそこじゃないと思う。いやすごいよ？　すごいんだけどね。大手柄だけどね。

なんで領主のワシより領内の不祥事に詳しいんだろう。令嬢なのに。

というかどうやって潰したのかな、兵を動かした記録とかないよね。不思議。

「次は、えっと……あ、そうだ、お館様もお会いになったことがあるとは思いますが新入り侍女のメーテル、どうやら帝国の特殊部隊所属のスパイだったようです」

「……パードゥン？」

思わず聞き返してしまった。

今さらりとすごい爆弾が投げられた気がするけど気のせい？

「先月入った侍女のメーテルですが帝国のスパイだったので捕まえときました」

「まんじぃ？」

嘘でしょ。あの愛想が良くて仕事の速い娘だよね。

えー、ショック……。で済む話ではない。スパイに屋敷の中に完全に潜り込まれていたってことでしょう？　やばない？

もー帝国さん怖いわー。最近大人しいと思ってたのにー。

「ご安心を、情報漏洩は一切しておりません。あと良い感じに洗脳して二重スパイとして使えるように仕上げておきました!!」

怖いわー。愛娘の方が一国を相手取るより怖いわー。

良い笑顔でサムズアップしても騙されないからね。仮にも侯爵令嬢なのに洗脳って言葉を使うのは駄目じゃないかな。

というか何したの、帝国の特殊部隊を寝返らせる洗脳って何したの?

「それは、お耳汚しになりますので控えさせていただきたく……」

気まずそうに顔逸らすじゃん。

なんかこう「キャーお父様のえっちー」という感じではなく、どちらかというと子供から「赤ちゃんはどこから来るの?」と聞かれた親みたいな顔。

おかしい。こんなの絶対おかしい。本当に何をしたんだろう? でも多分聞かない方が身のためだと思う。だって怖いもん。

「そういうの普通逆じゃない? ワシ、父親だよ?」

「いえ、今の私はお館様に使える一人のシノビ。令嬢としての過去は捨てました」

「誰もそんなこと許可してないから。現在進行形で侯爵令嬢だから」

「ふっ……侯爵令嬢は世を忍ぶ仮の姿……」

「仮でもない」

「そんなことより次の報告に移っていいですか?」

「まだあるの……?」

どこにそんな調べる時間があるんだろう。家庭教師も付けているし暇なはずはないんだけど。

やっぱり社交界デビューさせるべきかなぁ……。もう十三歳だしなぁ……。

…………？

なんで十三歳の貴族の娘がニンジャやってるんだろう。

どうしよう、自分でも何を言ってるのかわかんなくなってきた。

「お館様、かねてから不審な動きのあったリットン子爵ですが、どうやら帝国の間者と接近しているようです。まだ決定的な証拠はありませんが、これはメーテルから聞き出した情報とも合致します。一応、詳しく調べようと潜入を試みたのですが……途中で宰相の手の者と鉢合わせてしまいまして……協議の結果、大変不本意ながらあちらにお任せすることになりました。宰相殿なら下手《へた》を打つことはないでしょうが、リットン子爵には要警戒をお願いいたします」

あー。だから最近宰相優しかったのね。そっかぁ。

それはそれとして勝手に領地を抜け出して潜入任務に従事したことに関してツッコミを入れた方が良いのかな。いまさらな気がする。うん。

いやしかし、リットン子爵がねぇ。

領地も近いし極力仲良くしていたつもりだったんだけども、溝は埋まらなかったか。

まあ確かに話は合わなかったけれど、毎年義理で送られてくるワインの味は良かったよ。

……つらい。

「残りの細々とした緊急性のない報告は後で執事長が書類にまとめて持ってきますので省略いたし

ましていて、これが最後になるのですが……」

ましていて

「最後……最後かぁ……聞きたくないなぁ……」

つい口に出てしまう。表情にも出てたかも。

いやね、わかってるんだよ。

だって最初から左手に摑んでいたもの。

何をかって？

髪をだよ。

この部屋にいる人間の最後の一人。力なく倒れている黒い装いの見知らぬ男のそれを。

「これ、お館様の暗殺に来ていたのでしばいときました」

どうということもない軽い口調で娘はずいっと左手のそれを掲げて見せる。

自慢気に鼻を鳴らし、見るからに褒めてほしそうなそのドヤ顔は年相応の幼さを感じさせる。

けど正直そんな気軽な話ではないと思うんだ。暗殺者だよ？

ネズミ捕ったネコじゃないんだから。

いやある意味ネズミ捕ったネコだけど。

「うぐぁ……くっ……」

呻《うめ》いてる呻いてる。ちょっと顔怖いよこっち見ないで。

きっしょ。

「中々見上げた根性の持ち主で、軽く尋問してみましたが口を割りませんでした」

「本当に軽く？」

めっちゃボロボロなんだけど。

腕とか変な方向に曲がってるし、体中あざだらけで鼻もひしゃげている。

よく見ると目には泣き腫らした痕もあり、涙どころか血も涸れ果てましたって感じで顔も真っ青。

尋問怖い。あとその髪を摑んで引っ張り上げるの、禿げるからやめてあげて。

「ク、ククク……グレイゴーストであるこの俺をまさかここまで追い詰めるとは……」

え、自分で正体言っちゃうのね、いいのそれ？

うちの娘の方がプロ意識高くない？　高くても困るんだけど。

いやでも激痛に耐えているのだろう、脂汗を流しながら強気に笑う匿名希望・グレイゴースト（仮）さん。その努力には涙を禁じ得ない。

まあ王手じゃなくてチェックメイトだけどね、現状。

それにしてもグレイゴースト？　はてどこかで聞いたことがあるような……。

はっ!?

「グレイゴースト……帝国の伝承に残る暗殺集団を率いたとされる男の名前じゃないか!?　まさか実在したのか……!?」

「ククッ、知っていたか。……そうとも、俺こそが伝説のアサシン、グレ――」

「いえ、クソ雑魚《ざこ》だったのでこれはグレイゴーストではありません」

「「…………」」

バッサリと。何の抑揚もなく。事務的に斬って捨てた。

あの、このタイミングでそれ言う？

グレイゴースト（仮）さん、涙目で口を噤んでプルプルしちゃってるよ。

我が娘ながら他人のメンタルさらっと壊すのすごい得意ね。

「いや、あの、その俺、ほんとうにグレ――」

「黙れカトンボ」

「『はい』」

震えながら弱々しくも抗議するその声を遮断する。ついワシも一緒に返事しちゃった。てへっ。

もしかして怒ってる？　綺麗な顔が台無しだよー。笑顔笑顔。とジェスチャーを送る。

しかし、そんな願いは儚くも届かず虚空に消える。

娘はグレイゴースト（仮）さんの頭を自分の眼前まで引き上げると、まるで部屋に出現した衛生害虫でも見るような敵意と軽蔑を含んだ瞳で射抜くのだった。

「そのような嘘でいつまでも誤魔化し続けることができるとでも思っているのか？　人を謀《たばか》るのも大概にしろカトンボ」

「だっだから、嘘なんかじゃ――へぶっ!?」

あ、叩いた。痛そう。ワシも娘に張り手されたら泣くと思う。

それはそうと『口を割らない』ってもしかして……あっ……。

「カトンボ。こっちを見ろカトンボ。人と話すときは相手の目を見るものだ、そんなこともわからんのかカトンボ。まさか本当に脳味噌までカトンボということはあるまいな？　私は貴様をグレイゴーストとは認めない。絶対にだ。そもそも齢《よわい》十三の小娘に対し不覚を取っている時点で暗殺者を名乗ることすらも烏滸《おこ》がましいとなぜ気づかない？　羽虫の類の方がまだ侵入者として優秀だという自覚はあるのか？　なあカトンボ、あつかましいとは思わんか。そこのところ、どう考えている？」

娘はグレゴ（仮）さんの顎を右手で摑んで固定すると無理矢理に視線を合わせます。

「いいかよく聞け、グレイゴーストとは暗殺者の始祖とも言うべき存在だ。金のため、仕事とあらば親すら殺す畜生にも劣る外道でありながらその腕は超一流。一度は帝国を主と仰いだかと思えば面子《メンツ》のためなら皇帝暗殺すら厭わぬ反骨心を持った生粋のアウトロー。そしてかの大戦では我が太祖ルクシア・アブソルートと覇を競い合った生涯の好敵手!!　到底、羽虫風情が名乗ってよい名前ではない。貴様の発言はグレイゴーストだけでなくルクシア様の品位すらも貶めることをわかっているのか？　墜ちる時は一人で墜ちろ……カトンボがっ!!」

声どっっっっっっすっ!?

ビックリしたわ。……ああもう、グレゴ（仮）さん泣いちゃったよ、かわいそうでしょ。

……ごめんやっぱキモい。

「でっ、でも……ぼ、ぼくは……!!」

「ほう？　ここまで言っても世迷言を述べるとは……もしや全て理解した上での発言だったか？　ならばその作戦は成功だ、私はいま非常に怒っている。それ程にもう一度あの部屋に行きたいと言うなら連れて行ってやろう。なに、私も尋問は得意ではないが共に学んでいこうじゃないか。とりあえず、片端から色々な器具を試してみよう」

「はっ……ひっ……ははっ……ひゅ……」

過呼吸になっちゃってるよグ（仮）さん。

娘よ、その顔よその人に見せちゃ駄目よ。罠に掛かった獲物を眺める肉食獣の目をしているからね。笑顔ってそういう意味じゃないんだ。

「お館様、報告は以上です。私はこれから分不相応にもグレイゴーストを騙《かた》る身の程知らずの愚か者に現実の厳しさと罪の重さを叩きこんでやります」

「え、あっ、そう。……あ、殺しちゃ駄目よ。そういうのは執事長に任せなさいね」

スッとワシの方を振り返った娘に対し、一瞬ビクッってなったのは内緒。

「承知しております。不殺の誓いは決して違《たが》えませんので。では、御免」

そうして、何も言えなくなったグ（仮）さんを引きずりながら、娘――サクラ・アブソルートは部屋を出ていった。

扉がバタンと大きく音を立てて閉じるのと同時に、ワシは頭を抱える。

ワシ、アレクサンダー・アブソルートは悩んでいる。

それはもう悩みに悩みまくっている。

帝国がきな臭い？　知らんよそんなの。

それは、全ての父親の魂の難題。

「育て方、間違ったかなぁ……」

年頃の娘の考えてることがわかりません。

第1章　猫のいる屋敷

潜入するは猫屋敷

僕の名前はアーネスト・レイン。王国東方部、アブソルート侯爵家領内に店を構えるエトピリカ商会に所属する自分で言うのもなんだが新進気鋭の若手商人だ。

今日は商会長の命令で領主様の屋敷へと出張中！

大口の取引成立目指して頑張るぞ！

——という設定である。

私の名はフィル・クレイン。見習い商人は世を忍ぶ仮の姿。本当はとある学会に所属するしがない歴史研究家だ。

本日此処にやって来た目的は偏《ひとえ》に、アブソルート侯爵家の歴史について調べるためである。

理由は単純にアブソルート侯爵家には謎が多いからだ。

現当主は『温厚かつ清貧』で知られるアレクサンダー・アブソルート侯爵。

王国東方部に広く豊かな領地を持ち、お抱えの騎士団は大陸最強と称される精鋭。東部方面軍指揮官として国境の接する大陸四強・帝国への牽制役を担っている。

また最近では長年交流の途絶えていた海向こうの皇国との交易を再開し大成功を収めるなど目立

った活躍を見せ、経済・軍事の両面において大きな力を持つ大貴族だ。

しかしそれは当代に限った話。王国の歴史を紐解いていくと、アブソルート侯爵家ほど資料の少ない貴族も珍しい。特に初代や先代の時代になるとその傾向が顕著だ。

まあ先代についての理由は少し考えれば子供でもわかりそうなものだが、初代アブソルート家当主ルクシア・アブソルートは違う。

彼女は王国がまだ地方の都市国家群の一つでしかなかった時より国王に仕えていたとされる。

だが一般人が書物から得られる知識など基本的にその程度。

大方において『建国の折り、その貢献大なり』の一文を以《もっ》て彼女の記述は終わる。これは同時期の他古参貴族に比べても極端に少ない。

しかし、さる学者はこう言った。『王国建国の歴史とはルクシア・アブソルートの歴史である』と。

また、ある老人もこう言った。『王国の転機には必ずアブソルートの影がある』と。

彼らがそれ以上の口を開くことはなかったけれど、私にはそれで十分だった。

アブソルート侯爵家の秘密とは、ルクシア・アブソルートとは何者なのか。

正直に言うと、これは一介の歴史研究家としての知的好奇心の発露だ。調べたからといって何かの役に立つわけでもなし。もし意図的に隠されているのだとしたらそれ相応に理由があるのだろう。

おそらく真実に辿り着いたとしても、発表の機会が与えられることはないと思われる。

だがしかし、隠されると一層知りたくなるのも人の性。

それに加えて近頃は侯爵家について不可解な噂も耳にすることが多い。

よって、ルクシア・アブソルートの謎を明らかにすべく、我々はアブソルート侯爵家へと向かった。正面から行くと門前払いされるのは目に見えているので、褒められた手段ではないが伝手を辿って商人を装わせてもらっているというわけだ。

——という、設定でもある。

ハローエブリワン。

マイネーミーズ、リッキー・ランバルトゥール。

グレイゴーストに所属する暗殺者の一人だ。

なに、グレイゴーストは暗殺者の名前ではないのかって?

そいつぁとんと昔の話だ。俺も詳しくは知らねぇが今やグレイゴーストは暗殺組織の名前だ。まあ、グレイゴーストを名乗って良いのは実は四天王以上の階級からだけど。

今日ここへ来たのはもちろんアレクサンダー・アブソルート侯爵の暗殺のためだ。だがそれは最終目標、今日のノルマはそこじゃない。

先日、俺の上司である四天王の一人『風のガルブレイス』が侯爵暗殺の任に就き、そして失踪した。仕事の優秀な人だった。

こんな仕事をしている時点で善人だったとは口が裂けても言えない。

だけど、それでも俺にとっては——みたいなこともなく、正直あんま好きなタイプの上司でもなかったから俺個人としてはどうでもいいんだが、組織の上の方ではガルブレイスがいなくなったって大騒ぎだ。

そんで俺が事実確認と任務の引継ぎでやってきたわけ。

今回は念には念を入れて大口顧客の帝国からの支援も受け入れて、侍女として侯爵家に潜入しているらしい工作員にも協力してもらう手筈になっている。

商人の身分証も裏社会と繋がりのある商会に頼んで本物を用意してもらったし、学会の会員証の偽造も完璧。身元に関するあらゆる質問への準備も万端だ。

バレるはずがない。いや、バレるにしても必ず間があるはず。奴らが真実を知る時、俺は王国からとっくの昔に脱出していることだろう。

加えて、あまり想像したくはないが有事の際に備えて表立って引き連れている四人の部下の他、近くの森に五人を配置している。万事抜かりなしだ。


――ということで、俺は領内で最も栄えたブリューナクの街、その中心にそびえる山の中腹に建つアブソルート侯爵家邸を目指して長い坂を上っている。道は広く緩やかで丁寧に舗装されており、馬車でも簡単に進むことができた。

途中首輪の付いた毛並みの良い猫をやたらと見かけたこと以外は特に変わったこともなく、本格的に道が森に閉ざされ始める直前の、ある程度まで上ったところで休憩ついでに振り返ると眼下にはブリューナクの景観が広がっていた。

色彩豊かな建築物の数々が連なっている光景は中々に目に楽しく、おそらく晴れた日の日の出か夕暮れ時の光景は素晴らしく絵になることだろう。

まあ、それを見ることもないのだろうが。

気を取り直して半ば山道と化した道をゆっくりと進む。

時刻は昼過ぎだというのに、奥まっていくにつれ陽の光は遠のいていく。

おとぎ話にでも出てきそうな暗い森、不気味かつ不吉。これでカラスでもけたたましく鳴いていたのなら、俺は間違いなく一度引き返していたことだろう。

やがてしばらく後、馬車が止まる。

「ランバルトゥールさん、着きましたぜ」

「ご苦労……それと、今はアーネスト・レインだ。次間違えたら殺す」

「す、すいません！」

ようやく辿り着いたアブソルート侯爵家。

山中にある屋敷を囲うように設置された古びた鉄製の門と柵は重苦しく、来訪者に冷たい拒絶を錯覚させてくる。

そして門前には箒を手に掃除をしている黒髪の侍女と、番兵と思われるまだ年若い金髪の少年騎士が立っていて、突然現れた俺たちに怪訝そうな目を向けた。

ここからが、本番だ。暗殺の可否は準備で全てが決まると言っても過言ではないものの、現場でのくだらないミスで命を落とす者も少なくはない。

だからこそここでビビッてはいけない。相手にとって来客を訝しむのは仕事の一つ、自然な態度でいれば良い。演じ切るのだ、俺達は正当な理由があってここにいると。

「……お館様に面会ですか」

侍女がそう言うと、首を小さく横に傾げた。

うん、お館様？　なんだ、その古風な呼び方は。……まあいい。

「はい、私はエトピリカ商会のアーネスト・レインと言います。本日ご訪問のお約束をしていたのですが……」

「……ああ、失礼いたしましたレイン様、承っております。取り次いで参りますので少々お待ちください。すぐにお通しいたします」

事前に連絡が通っていたのか、侍女は無表情のまま丁寧に一礼するとすぐさま門の奥へと引っ込んでしまった。どうにも反応がわかりにくい。

「……愛想の無い侍女でしたね」

「馬鹿、聞こえるぞ」

侍女はいないが番兵の少年騎士はそのまま剣を握りながら『少しでも不審な動きをしたら斬り殺す。さあ動け、いま動け』とでも言わんばかりの殺気を含んだ鋭い視線を外さない。

見た目の割に威圧感があり過ぎだ。おそらく、おそらくだが俺達五人がかりでも勝てるかどうか。

アブソルート侯爵家騎士団はそんな化け物の集まりと聞く。おそらくガルブレイスも彼らにやられたのだろう。

「いいか、大人しくしてろ。間違っても余計なことはするな」

「う、うす」

そのあと数分、蛇に睨まれた蛙よろしく縮み上がりながら気まずい時間が流れる。

自然体というのも意識すればする程に遠のくもので、俺はともかく殺気慣れしてない部下たちの緊張ぶりはひどいものだ。

だがその空気も、門の奥から二人分の足音が聞こえてきたことでふっと緩む。

少年騎士から険が消え、表情も真剣ながら少し柔らかいものへと変わる。

「お待たせして大変申しわけありません」

そうして、先ほどの侍女を連れて歩いて来たのは桜花の少女。年の頃は十三から十五だろうか。

細い手足と、月のように白い肌。さらさらと小さく風に揺れている艶やかな翠《みどり》の長い髪。

温かな色をした瞳は、宝石とまったく同じ輝きを放っていた。

足しも引きもできない、ある種の完成形のような容姿。ともすれば美しい人形と見紛うほどではあるが、花の咲くような微笑みがその錯覚を否定する。

気づけば、息を呑んでいた。素直に言えば見惚れていた。部下たちもそうだろう。

なんとも、不意打ちにも程がある。

「お初にお目にかかります。私、アブソルート侯爵家当主アレクサンダーが長女、サクラと申します。此度は遠路はるばるお越しいただき感謝をいたします」

お手本のようなお辞儀の後、侯爵令嬢は片手で屋敷を指し示す。

「どうぞ中へお入りくださいませ。我が侯爵家はエトピリカ商会の皆様を心より歓迎いたします」

現実離れしたその美しい笑顔と、少しの違和感。

俺たちを歓迎するように開く鉄の門が獲物を飲み込む狼の口のように思えたのは、きっとただの気のせい、なのだろうか。

結局、完全に後手。俺たちは流されるようにして門の内へと足を踏み入れた。

鉄柵という境界はあるものの、内側もそれほど外と変わらない。屋敷を囲むようにしてありのままに木々が生い茂り、その隙間の並木道を令嬢の先導に続く。

隠れ潜むのに容易な庭だ。手入れをしていないのか、意図してそうしているのかは知らないが一つ言えるのはこの怪しい雰囲気にはピッタリだということ。

正直、無性に帰りたい。まだなにもトラブルは起きていないのに、どんどん悪い方向に向かっている気がしてならない。例えば、そう。

「にゃ～」

「…………」

黒猫に、目の前を、横切られたとか。

「……猫が、多いんですね」

「ええ、使用人より猫の方が多いので『猫屋敷』なんて呼ばれたりするぐらいですから」

それは、猫が多いのか人が少ないのか。警備の兵も最初の少年騎士以降見当たらない。

そもそも人の気配がほとんど感じられないのは、なぜだ。

「着きました。ここが我が屋敷です」

林道を抜けると視界が開けた。ぽっかりと開いた空の下、ぽつんと邸宅が建っている。それは石造りの三階建てと、侯爵家という家格に相応して大きかったが、よく手入れされてはいるらしいものの、少しばかり経年劣化が目立っていた。

焦茶と白を基調とした良く言えばレトロ、悪く言えば古臭い外観。正直、貴族の邸宅にしては地味という印象を受ける。

庭の雰囲気も相まって幽霊屋敷と言われても信じられるし、実際にそういう噂もある。

そしてそれは中に入っても同じで、軽い荷物の確認や身体検査を終えて通された先のロビーは仄暗く、飾り気のない内装をしていた。

本当にここはアブソルート侯爵家の屋敷なのかと疑いたくなるほどだ。肩透かしを喰《く》らった気分だ。事前に考えていた台詞《せりふ》の数々も、そのほとんどが陽の目を見ていない。

「商談をなさるのはレイン様お一人ということでよろしかったでしょうか?」

「はい、そうです」

「ではお連れの皆様は食堂の方に、簡単ですが軽食の方を用意しておりますので」

「いえそんな、お構いなく……」

「我が家に益をもたらす方には最大限の礼を尽くす、それが家訓でございます」

「………ありがとうございます」

あまり、浮足立っている部下を積極的に関わらせたくはないがそう言われては仕方ない。

「レイン様の方は早速ですが応接室の方へ、おやか――失礼、父がお待ちです。案内の方は……」

令嬢が手招きして侍女を一人呼び寄せる。

少し背の高い、細目の女だ。おそらくこの女が、だろう。

「このメーテルが請け負います。何か御用があれば彼女にお申し付けください」

それだけ言うと、令嬢はさっさと部下を連れて食堂へと連れて行ってしまった。

残されたのは俺と、メーテルという名の侍女の二人。

……本当に、これで良いのだろうか。こんなにも簡単に入り込めて良いものなのだろうか。

なんというか、らしくない。

難易度が低すぎる。確かに万全の準備をしてきたつもりだが、それにしたってセキュリティが緩い。ああそうだよ、最強と名高い騎士団が遠征している日取りを選んだ。やり手と評判の執事長が出掛けている時間帯を調べて選んだとも。

だからと言ってここまでそのままか？　本当にこの程度なのかアブソルート侯爵家は？

ならばなぜ、ガルブレイスは失敗した。

いきなり本丸に乗り込むのは早計過ぎるのではないか。

一度退却してでも、もう一度ガルブレイスの痕跡から集めるべきではないか。たとえ屋敷の警戒レベルが上がろうともだ。

アブソルート侯爵家には謎が多い。謎が多いはずなのに、入り口はぽっかりと開いている。

あまりにも、流れが速く淀みない。

そのくせこの拭い切れない違和感はなんだ。

「もし」

嫌な予感を覚え、そっと踵《きびす》を返そうとした時、それを呼び止める声。

「お帰りになるのですか？　それはあまり推奨できませんね、ランバルトゥール様」

ああ、くそ。

勘で仕事を中断するわけにはいかない。そんな権限、俺にはない。失敗すれば何事もなかったかのように切り捨てられるだけの末端構成員だ。

「あまり心配することはありません。もとよりここはそういう屋敷です。ただ一つ、お館様の護衛はスペシャルなので、そこだけは注意ですけどね」

俺の不安を否定する言葉。

なにより現状、全てが予定通りに回っている。

道は、他にない。

鼠を狩るは屋敷猫

小さい頃から動物は好きだったけど、生々しい食物連鎖の現実をまざまざと見せつけられると少し怖くなったりもした。例えば野山に巣を張り巡らせて他の虫を絡め取り捕食する蜘蛛や、追い詰めた鼠を自慢の牙で嚙み殺す猫の姿のなんと恐ろしいことか。

でも、今ならわかる。

あれ、絶対楽しんでますよね。

だって獲物が罠に掛かるのを見るの、すごい楽しいですもん。

正直今回は自分でも誘導が雑だったかなぁとは思っていたのだけど、ネズミはそれほど賢くなかった様子。もう逃げられないし、逃がさない。

先日のガルブレイスとやらは大した情報を持っていなかったので私――サクラ・アブソルートの今回に懸ける思いは強いのですよ。

ということでまずは食堂に連れ出した四人から始めたのですが……。

「仮にも敵地で出された飲み物をそのまま飲みますかね、普通」

とても張り合いがなかった。残念。

「うっ、ぐううぅ……」

食堂の床に転がる四人の暗殺者、の下っ端。

試しに軽めの神経毒を混ぜたお茶を出したところ何も疑わずに飲んですぐに泡吹いて倒れました。

逆にこっちがビックリですよ、やる気あるんですかね。

「……一応弁護いたしますと、お嬢様が先に同じ物をお召し上がりになっていましたのでそれで安心してしまったのではないでしょうか？」

下っ端たちを縄で縛りあげながら私の専属である黒髪の侍女、リー・クーロンが言いました。

まあ、それはそうですけど。

「ニンジャたるものこの程度の毒、耐性を持っていて当然では？」

最近の暗殺者は気合が足りませんよ、気合が。

「…………まったくその通りですね」

なんか含みがありそうですがまあ良し。

「リー、それが終わったら四人ほど屋敷猫を連れてロビーに待機してください。着替えたら外のネズミを片付けに行きますので」

「御意」

それだけ言って、着替えのために自室へと戻ります。

到着。いやー、お嬢様っぽい服って苦手なんですよね。動きにくいし。

やっぱり忍び装束がナンバーワン。

「お嬢様」

「む、メーテルですか」

着替えようとしたところでドアがノックされる。声の主は長身細目の胡散臭い侍女、メーテルでした。とりあえず招き入れます。

「ネズミの誘導はちゃんと済んだのですか?」

「もちろんですよぉ。まあ、ちょっぴり疑ってはいるみたいですけど、撤退するだけの理由が見つからないって感じですかねぇ……」

「そうですか……」

このメーテル、ご存知の通り元帝国の特殊部隊出身のスパイではありましたが、ちょっと前にとっ捕まえて適当に色々したらなんか懐いたので二重スパイとして私に、延《ひ》いてはアブソルート侯爵家に仕えてもらっているのです。

私の部下はやる気はあっても経験が足りないという者が多いので、新参でありながらベテランのメーテルは貴重で、意外と重宝します。

「お館様の護衛はどうなっています」

「騎士団長さんに代わってもらっていまぁす」

ああ、ハンスがいるなら安心です。お茶とお茶菓子持って行くついでに報告しに来たのですね。

「わかりました。あなたの役目はあのネズミの監視、どうせ二度と此処から出られぬのですから、精々冥土の土産に協力してあげなさい」

「イエス、マイロード」

「……それやめません？」

「マイディア」

「それもやめましょう？」

「オンリーマイエンジェル！」

「違う」

「きゃん!?」

パッと両手を広げてハグの姿勢を取るメーテルの頭をはたく。

そうじゃない。そうじゃないのだ。もっと格好良いのが良い……。

説得の仕方間違えたかなぁ……。正直、ネズミの対処よりメーテルの思考回路を読み解く方が何倍も難しい。とても厄介な困ったちゃんである。

どうしてこんなことになったんだろうね。

「もっとぉ……うへへぇ……」

お願いだから息を荒くして恍惚な表情を浮かべるのやめてください。

「私に百合の気はありません……」

「いいえお嬢様、花は咲かせるものです」

目がガチです。顔怖いよこっち見ないで。

きっしょ。

「そして散らすものです！」

「黙らっしゃい」

「きゃん！」

アブソルート式チョップ。

アブソルート式チョップとはアブソルート家秘伝のチョップだったらいいなと思う。相手は死ぬ。

「あまり待たせると怪しまれます。早く仕事に戻ってください」

「……御意」

そう言うと、メーテルは不満な顔をしながら渋々と部屋を出ていった。

「はぁ……」

準備に取り掛かる。ドレスを脱ぎ捨てて忍装束へと。

まだ明るいので黒よりも森に溶け込める色に。

「ハリーッ！」

着替えをなめくじみたいな目つきで見ないでほしい。バレてるから。

強めに怒鳴ると、ようやく気配が消えた。

「部下が何考えているのか全然わからない……」

完全にメーテルが仕事へと戻ったことを確認してほっと一息。

そして私は頭を抱える。

なにがどうなったんだろう、最初は達観した雰囲気の仕事人という感じだったのに。

アブソルート式尋問術は私には向いていないのかもしれない。

しかし、すぐさま頭を振って落ち込みそうになった思考を切り替える。

今考えるべきは侯爵家に仇なす害虫どもに鉄槌を下すことだけ。まあ今回の相手は足でプチッと踏みつぶすだけで十分な相手ではありますけど。

「ええと、短刀、苦無《くない》に鎖鎌、煙玉に火薬玉……これぐらいかな？」

暗器の類も色々とあるが、今回のネズミの質を考えるに多くは不要。

入念に一つずつ不備が無いかを確かめる。

「うん、大丈夫」

それらを丁寧に身に潜ませてから部屋を出た。メーテルがいる以上ディフェンスは心配ない、問題はオフェンスだ。誰一人として逃がしはしない。

「……集合」

誰もいないロビーで呟く。

すると、気配を押し殺しながら静かに身を潜めていた四人の部下が姿を現す。残念ながら隠し切れていたのは一人だけだったけれど。

彼女らは屋敷猫、私専属の侍女でありシノビとしての部下でもある。私の身の回りのお世話に加え、私の護衛と屋敷の警護も担当している。

もちろんそれ専門の騎士もうちにはいるのだけど人は多くて困らない。

「戦いは数ですお館様」と言って配属させてもらっている。

最近は帝国が煩いので丁度良いと思う。

「リー以外失格ですね」

「「「ぐっ……」」」

とはいえ、まだまだ教育中なのですが。

合格点に達しているのはリーダー役のリーとメーテル、あともう一人ぐらいですかね。

彼女たちは元々奴隷や孤児で、筆舌に尽くし難い環境に置かれていたのを私がお仕事のついでに助け出したのです。

その後は自立できるようになるまで生活支援などを行うのですが彼女らの場合はたっての希望で侍女として雇うことになりました。当初はもちろん極々一般的な侍女として。

喧嘩なんてしたことがない。刃物をまともに扱ったこともない。そもそも、自由意志など存在しなかった。そんな彼女らにニンジャの仕事などやらせるはずもありません。

最初はリーだけだったし、リーだけにするつもりでした。

強く懇願されて一緒に修行をすることにしたのですがその光景を他の侍女に見られてしまい、一人だけずるいと言われては断ることもできず、なし崩し的に雪崩《なだれ》のように受け入れていった結果、屋敷猫はどんどん増えてしまいました。

ただ手伝ってくれるのは嬉しいですし、やる気に満ち溢れているので教えていて楽しい。

ちなみに今回のメンバーは元気なカレン、やんちゃなレオーネ、インテリなクロエです。

「ここで問題です、外にいるネズミの数は何匹でしょーか？」

「はい！」

「はいカレンちゃん早かった」

「二匹だと思います！」

「違います」

「「えっ!?」」

「カレン失格。ついでにレオーネも失格」

「「くっ……」」

「……は、はい」

「クロエ、答えをどうぞ」

「さ、三匹です……」

「……正解発表の前にリーの答えは？」

「四匹、かと」

はいそこ「「「お～」」」って言わない。

「どちらも残念。正解は五匹です」

「「「っ!?」」」

ふっ、まだまだ未熟。まあ確かにわかりにくいところにいますが。

「反省会は夜ですね。一番遠くにいるのを私が担当しますので、他の四人を頼みます。一匹も逃がさぬよう、全員捕らえなさい」

「「「御意」」」

綺麗な敬礼。統制の取れた動きは見ていて気持ちが良いです。

私は満足げに頷くと、玄関の扉を開ける。ネズミを捕るのはネコと相場が決まっていますゆえ。

「では行きましょう、狩りの時間です」


屋敷を出てから山を下り、少し離れた場所に在る小高い丘。

その頂上にある展望台はちょうど屋敷とほとんど同じ標高で街を一望できる。

視界を遮る森の木々もなく見晴らしが良いので景色が壮観。今の季節は陽の光が暖かく春風が心地好《よ》いので私は中々にお気に入りだったりもする。

ゆえにこそ、そこで我が物顔で踏ん反りかえっているネズミに少々イライラしています。

ちょうど良い、桜の木の下に埋めてやりましょう、そうしましょう。

とは言いつつも、そのまま近づいたら普通にバレますし、場合によっては逃げられてしまう恐れもある。それはよくない。

我が家に益なす者には最大限の礼を。

そして、我が家に害なす者にも最大限の礼を。

ネズミは一匹残らずキルゼムオール。

なので今回は秘密兵器を連れてきました。

そう、彼女こそはアブソルート侯爵家の誇る勝利の女神、屋敷猫随一のスーパーエース。

「にゃ？」

猫のチヨメちゃんである。

赤茶と白の毛並みがふわっともふもふ、とってもラブリーなオンリーマイエンジェル。

そこに存在するだけでもうメーテルの百倍役に立つ。可愛い、癒し。

「行け！　チーちゃん！」

「にゃー」

だけどチーちゃん可愛いだけじゃない。

敵陣へと果敢に攻め込むその疾走は燎原《りょうげん》の火が如く。

大地を震わすその猛き咆哮は百獣の王に相応しき風格。

一度走れば風を切り、再び走れば悪を討ち、三度走れば天地を喰らう。

君臨するは我らのヒーロー、顕現するは奴らの絶望！

ゴーゴー！　レッツゴー！　レッツゴー！　チーちゃん！

ちなみに作戦はこう。

まずチーちゃんがネズミの気を引く、そして私が後ろから叩く。

一部の隙も無い完璧な作戦。チーちゃんに限って失敗はあり得ず、チーちゃんがいる限り我々に敗北はない。いざ、開戦です。

チーちゃんは小柄な体を活かし低い姿勢で敵の目を掻い潜り、持ち前の驚異的なスピードを以て丘を駆け上がり、一瞬の隙を突いて展望台近くの茂みへと入り込む。

いやまあ別にチーちゃんは普通に近づいても良いんですけど。

「誰だっ！」

少しの物音に素早く武器を抜いて反応するあたり、数合わせの三下というわけではなさそう。

「にゃ〜」

「んだよ猫かよ……」

しかし、チーちゃんの愛らしさの前には無力。

「なんだぁお前、珍しい毛並みだな、しかもモフモフ」

その汚らしい手でチーちゃんに触るな。

……おっといけない、チーちゃんも頑張っているんです、私も自分の務めを果たさなければなるまいよ。

一瞬の隙を窺うのだ。

「ははっ、なんだこいつ人懐っこいな」

「にゃあごろ♪」

ああ……任務のためとはいえあんな永久に溝《どぶ》に住んでいるのが似合いのネズミなんかに喉を鳴ら

さざるを得ないなんて……。

すみません、耐えてくださいチーちゃん……！

「ほーらわしゃわしゃわしゃわしゃ！」

「にゃ～♪」

お腹《なか》まで晒して……お前、お前ぇ！　私だって最近お腹撫でさせてもらってないのにぃ！　なんて羨ま――くそぅネズミめ、どこまでチーちゃんを弄べば気が済むのですか、許せん！

「可愛いなぁ……あっ、煮干し食うか？」

「にゃ！」

「ほれほれ食え食え」

「にゃ～♪」

あっ……ああっ……ああああああっ………。

き、貴様……なんてことをぉぉぉ！

今日のチーちゃんのご飯当番は私だったのにぃ！

一か月に一回しか回ってこないのにぃ！

…………。

「……お前は飼い猫だろう？　こんなところに何しに来たんだ？　ご主人は何してるんだろうなあ？」

「にゃー……それはネズミ狩りだにゃー……」

「え、しゃべ――しまっ!?」

チーちゃんが作ってくれた隙を突き、背後へと回り込んだ私は鎖鎌を使って首を絞めにかかる。

「よくもチーちゃんに好き勝手してくれたな……」

「あっ……がっ……!?」

「そう慌てるな、殺しはしない。安心して落ちると良い」

ネズミは鎖を緩めようともがくが、体全体を使って簡単に外させはしない。

「さようなら。最期に良い夢見れると良いな」

「～～～～」

プッツンと、意識が途切れる瞬間。

鎖を解くとネズミはドスンと石畳に崩れ落ちます。完全に気を失っている様子。

「まずは奇襲成功……」

そっと呟きます。

先ほどの恨みを晴らすようにネズミの頭をぺしぺしと叩くチーちゃんもそっとしておきます。

つらい経験をしたのですから……しましたよね？

演技、全て演技だったのですよねチーちゃん。

そうだと言ってください。

「にゃ～？」

「ならばよし！」

なんとなく心が通じ合った気がします。

なんなら今ならお腹触っても——

「にゃっ!!（怒）」

「ひんっ!?」

駄目ですか、そうですか、すみません。

やはり誇り高き戦士は理由もなく簡単に他者に身を委ねることはないのですね。流石《さすが》です。

とりあえず私も仕事を全うしましょう。適当にネズミを縛り上げてから……。

「さて、四人は大丈夫でしょうかね。リーがいるなら逃がしはしないでしょうけど」

この程度の敵なら容易《たやす》く捕まえていてほしいもの。

いや、捕まえられないようなら普通の侍女に戻ってもらうことも考えなければならない。

「カレンあたり、取り逃がしてそうな気もしますねぇ……」

どうなっていることやら。

◆

侯爵家の屋敷の建つ山の中、私リー・クーロンは立っている。

私の足元には手足が折れた男が転がっている。ネズミだ。

屋敷猫たる者、与えられた任務は完全に遂行しなければならない。あの小さくて可愛い主が少しでも健やかに育つことができるように、全力を尽くさねばならない。

「くそっ……戦うメイドなんてこっちは聞いてねぇぞ、どうなってやがんだ……」

「シャラップ。ネズミに発言権はありません」

このように、屋敷に入り込んだネズミ捕りなんぞはキホンのキ。容易く遂行できずしてどうしてネコを名乗れましょうか。屋敷は綺麗に清潔に、常識ですね。

「リー、こっちも終わったよー！」

「わ、私も終わりました……」

レオーネとクロエからも完了の報告が上がる。まあ今回は一人一殺（殺してはいませんが）なのでそう苦戦することはないでしょう。

「二人とも、殺してはいないですよね」

「そこまで力加減下手じゃねーって」

「ひ、比較的軽い毒を使ったので大丈夫……な、はず、です……」

「グッド。上出来ですね」

不殺の誓いは二人とも守っていた。一安心。なんか片方怪しいけど。

正直に言えば私たちにとって命よりも大切な主に害をなそうとする相手に一片の慈悲もくれてやりたくないところですが、お館様直々のお願いなら仕方がない。

あの小さな主に人殺しの業を背負わせるのはまだ早すぎるというのも同意だ。

いずれ貴族として、またはシノビとしてかはわからないけれど、そういう場面がいつか来るのかもしれない。だが今の主はルクシア様というヒーロー（ヒロイン？）に憧れる純真な子供に過ぎない。

自分たちを殺しにきた暗殺者だって無意識のうちに何かと理由を付けては解放しようとするぐらいにはニンジャとして甘いところもある。

実力がありすぎて忘れそうになるが、まだ十三歳の女の子なのだ。

無限の可能性に満ち溢れた彼女に、片道切符を渡すのはまだ早い。

「さて、それではネズミの移送の準備をしないとなりませんが……」

気を取り直してこれから三つの無駄に肥え太ったネズミを運ばなければならない。

女手三人で、平均以上の体格の成人男性三人分の重量を、足場の悪い山道を歩きながら。

「…………」

露骨に嫌そうな顔の二人。リーダー権限で黙って運べと言うこともできる。

というか主なら笑顔でそう言うことだろう。でもまあ、ここは。

「トーマスくんに丸投げしましょうか」

「異議なしっ！」

「み、右に同じ……！」

私がそう言うと間髪容《い》れずに二人が賛同する。まあ、うん。

トーマス・パットンくん十五歳。

彼はアブソルート侯爵家騎士団において最年少、弱冠十三歳で正騎士となった将来有望の剣の天才である。

王都で行われた武術大会の折り、主の兄君にスカウトされて侯爵家の門を叩いたのが三年前。

そして二年前にその腕と気概を見込まれて、また年齢が近いこともあってお館様直々に主専属の護衛騎士という大役を任された――までは良かった悲劇の少年である。

最近その存在意義が疑われて久しい。理由は言わずもがな。

毎日主に置いて行かれては親とはぐれた子供のような半泣き顔で領内を走り回っている姿は健気かつ滑稽。

金髪碧眼の整った容姿も併せて街のお姉さん方に大変好評だ。

そろそろ門番も交代の時間だろうし、仕事を丸投げすることにした。

まあ現状、成果に給料が見合ってないし、主のためだと言えばわかりやすくホの字の彼はきっと奮起するに違いない。

「とりあえずクロエはこのネズミを眠らせてください。手足は折っていますが一応、暴れられると面倒なので」

「は、はい………あ、あの、あ、新しい薬、た、試してみても良いですか……?」

クロエ・グロリオーサ。植生学に詳しい毒ん子。先ほど食堂で主が使った神経毒も彼女が調合した物であったりする。

「まあ……死なない程度なら……」

「や、やたっ」

「は？　おいちょっと待て!?　やっ、やめろ！　やめてくれ！　お、俺に近寄るなぁあああ!!」

薬学の発展に犠牲は付き物ですね。コラテラル、コラテラル。

「ふ、ふひっ。だ、大丈夫。ゆっくり、やさしく、そ〜っと、するから……」

「やることに変わりはねぇじゃねぇかっ――」

ネズミがなんらかの薬品を嗅がされたところ一瞬で気絶しました。

「……あ、あれ？　まま、間違えたかな……」

恐ろしいですねこの子。

「……レオーネは自分の倒したネズミをここまでで良いので運んでください。クロエの分もお願いしますね」

「おーけー、行ってくんね」

レオーネを見送って少し一息。近くで色々やっているマッドサイエンティストは怖いので放置。

それであとは。

「……カレンですか」

どこでなにをやっているのでしょう。

まさかとは思いますがまだ捕まえていないなんてことは――

『一回止まりましょう！　一回！　一回で良いんです！　せーの、せーので一緒に止まりましょう！　ほら行きますよ!!　本当に行きますよ!?　せーのっ!!』

『誰が止まるか頭おかしいんじゃねぇのお前!?』

『待って！　お願いです！　私今回赤点取ったら補習なんですー！』

『知るかバーカ‼』

――あった。

少し離れた場所で追いかけっこをしているボロボロのネズミとカレン。速度はほとんど互角……いえ、ネズミの方がやや速い。

「…………はぁ」

あの子も普通に戦うとそこそこ強いのですが、些か正直過ぎますね。

「あ⁉　リーさーん！　助けて！　ヘルプミーです！　後生ですからー！」

いや、本当に何をやっているのでしょうね。先ほど少し格好付けてしまったのが恥ずかしくなってしまいます。主に何と報告すべきか……。

ですが一先ず、私は懐からナイフを取り出しよく狙いを付けてから指定の場所へ、ネズミから見れば明後日の方角でしょうか、そこに投擲します。

「はっ‼　下手くそめ、どこを狙ってやがる！」

「ウォッチアウト。前を見ないと危険ですよ」

「な――ひでぶっ⁉」

木々の間から凄《すさ》まじい勢いで飛び出した丸太の一撃がネズミの胴を打ち抜きました。

私が狙ったのは山のいたる所に隠されているトラップの発動。

まあ考案も設置も全て主が主導したものではありますが。

他にも投石や投網、古典的ながら落とし穴や鳴り子など種類も豊富です。

「確保ーっ！」

ああ、一撃で気を失ったようですね、カレンが追い付きました。

骨の幾つかは折れているかもしれませんがまあ、死んではいないでしょう。

……それにしても、本当に逃げられるとでも思っていたのですかね、このネズミどもは。

行きはよいよい、帰りは怖い。『毒沼』『蜘蛛の巣』『猫屋敷』。

斯様《かよう》に王国中の暗殺者から恐れられるこのアブソルート侯爵家から。

窮鼠は猫を嚙めない

アブソルート侯爵家にはかつて影の一族と呼ばれた時代があった。

その経緯は、九代前に遡る。

当時の王国はまだ小さく、周辺には多くの敵対国家を抱えており、また国内には数多の火種が燻っていた。

弟のクーデター、義母による暗殺未遂、譜代の家臣の裏切りなどが次々と発生し、肉親すら信じられなくなったという王が唯一信頼していたのが、子飼いの部下だったルクシア・アブソルート。

初代アブソルート家当主と、その一族である。

手駒の少ない王にとって武官、文官の役割だけでなく密偵、諜報、工作、暗殺なんでもござれのルクシア様は何より貴重な存在であり、重用し続けたという。

ルクシア様もその期待に応え続け、生涯を懸けて王国に尽くし、闇夜に潜み、陰に潜り、影より現れてはその敵の尽《ことごと》くを排除した。

中には外道と謗られるような卑劣な手を使ったこともあった、尊厳をかなぐり捨てた醜い手段を採ることもあった。

しかし、彼女らのその忠誠は微かたりとも揺らぐことはなく、かくしてアブソルート家は王国の影と呼ばれることになった。

ルクシア様の尽力もあって群雄割拠の戦乱を乗り切った王国は着々と力を蓄え、やがて大陸四強と呼ばれるまでに至る。

その間の王国の歴史はアブソルート家の歴史と言っても過言ではなく、その過激な内容故に公式に記述として残すことはできなかったものの、アブソルート家、ひいてはルクシア・アブソルートがいなければ現在の王国はあり得なかったというのは王家と侯爵家だけに伝わる秘密である。

時が経つにつれ、領地が広がり国政が安定する頃にはアブソルート家は影の任を解かれ、その功績を称えられ爵位を授与された。王国の東に領地を与えられ、その後出世を重ね侯爵へと取り立てられることになった。

「そして今に至る、ってことなんだなこれが」

「はぇ～なるほど～、そんな歴史があったんですね～」

どうもこんにちは。

最近いつ娘が語尾に「ござる」を付け始めないかと不安で夜も眠れないアレクサンダー・アブソルート侯爵です。最近のトレンドはシエスタ。

今は応接室でテーブルの向かいに座るグレイゴーストのランバルトゥールくんに、アブソルート家についてお話をしているよ。

もちろんだけど、エトピリカ商会のアーネスト・レインくんだと信じ切っている態で。

さっきサクラから「今から刺客が来ますが奴らの仲間を捕縛するまで適当に相手してくださ い」って言われたのよ。これってもしかしてワシ、おとり？

……違うということにしよう。

ランバルトゥールくんは今回、下見に来ているだけで殺意は低いらしい。なんだか若干そわそわしているし本当は帰りたいのかもしれない。

やっぱ後ろにいる騎士団長が怖いのかな。見た目がもう堅気じゃないもんね。

それめっちゃわーかーるー。

ワシの仕事は適当に商談して相手の会話の誘導に馬鹿正直に従うだけの簡単なお仕事、あら楽しい。屋敷の構造や、使用人の数に護衛の配置とかもうペラペラペーラペラペーラよ。

最初は確かに商談だったけどどんどん変な方向に行く、予備知識がなければ本当に騙されていたかも、世の中って怖いね。

「そういえば侯爵様、こんなことを聞いていいものかと思いますが……先日、賊が屋敷に忍び込んだというのは本当でしょうか？」

あまりにワシが馬鹿っぽくペラペラ喋るから突っ込んだ話にも結構ぐいぐいくるようになった。打てば響くと楽しいよね。ワシも鐘とか鳴らすの好きだよ。

「本当だよ？　よく知っているねぇ」

「情報は商人にとって命みたいなもんですからね。……実はお節介かもとは思ったんですが、もしご入用でしたらと治療薬や防犯装置などもご用意しております。腕の良い医者にも信頼できる用心棒などにも伝手がありますが……」

「はっはっはっ！　君は優秀だね、商売上手だ。でも大丈夫、怪我人は一人も出ていないし、屋敷もまったく荒らされていない。被害0だから心配しないで」

「え――え、そう、なっ、ですか？　そ、それは良かった」

言葉に詰まるランバルトゥールくん、今日初めて彼の素が出たように思う。

やっぱり先日のあれは優秀だったのかな、ぶっちゃけサクラって最終防衛ラインだから割と紙一重の差だったりするんだよね。

まあその一枚がめちゃくちゃ分厚いんだけど。厚切りベーコンくらい。

「賊は一人だったみたいだし、すぐに捕まったよ。そんな腕の良い相手じゃなかったみたい。そうだよね、メーテル？」

「さようでございますね、すぐに鎮圧なされていましたから」

「そ、それはやはり最強と名高い騎士団長殿が、でしょうか？」

震える声で言いながら後ろに控える騎士団長に視線を向けるランバルトゥールくん。

「違うな。俺はその時屋敷にいなかった」

「うん、ハンスじゃないよ。騎士団はその時街で火事があったから消火活動に駆り出されていたんだよね。……いま思えばあれも作戦だったのかな」

迷惑だよねー。少しの怪我人で済んだのが幸い。

「な、なら誰がっ……!?」

思わず大きな声が出た、と咄嗟に慌てて口を押さえるランバルトゥールくん。

まあ、もう遅い。というより最初から詰みだったんだけども。

「娘が捕まえたんだよね」

「…………もう一度お聞きしてもよろしいでしょうか？」

「ん？　だから娘がね。これ本当は内緒なんだけどあの子、ニンジャやってるのよね」

「……………は？」

わかる。わかるよー。その気持ちはよーくわかる。誰よりも何よりもわかる。

軽い気持ちだったの。あんなことになるとは思わなかったの。

ただちょっと『――という風に、今は普通の侯爵家として王国に仕えているけどご先祖様はこんなに格好良かったんだよ』という話を吟遊詩人っぽく物語風に面白おかしく脚色して感情豊かに話しただけなのに……。

こじらせた。

それはもう甚く感動し、痛くこじらせた。

ワシの弾き語りに心を打たれ、ルクシア様に憧れたサクラは、当時六歳にも拘《かか》わらず修行を開始。

そしてよりにもよって天賦の才能なんてものを持っていてしまったせいで、やがてその能力はもちろん容姿を含めまるで生き写しのように成長を遂げた。

現代のルクシア・アブソルートの誕生である。

もうね、完全にプロです。

ニンジャとしての技術は超一流なのに正面戦闘でもそこのハンスと渡り合うんだよ？　止め方がわからない。いやまあ確かに帝国がきな臭い近年にサクラがいなかったらどうなっていたんだろうというのはあるよ。

想像するだけで怖いね、だってワシ無能だし。

コミュ力に定評はあるけどコミュ力にしか定評がないことで定評があるもの。

「……つかぬことをお聞きしますが、もしや御息女はお二人いたりしますのでしょうか……？」

引き攣った顔のランバルトゥールくんが縋るような目で尋ねる。

別にワシは気にしないけどそれ、家によってはめっちょ怒られそうだよね。

「いやいや、一人だよ。さっき会ったでしょう？　サクラに」

なんか今、微かな希望が打ち砕かれた音が聞こえた気がしたけど多分気のせい。

「あ、あの今そのサクラ様は何をされているのでしょうか……？」

「変なことを聞くね、もう君は知ってるだろう？」

目を細めて余裕な表情を浮かべての意味深な笑み。

たぶんだけど今のワシ格好良いと思う。

「お・も・て・な・し」

愛想笑いしかできなくなったランバルトゥールくんの額には、大粒の汗が滲んでいた。

リッキー・ランバルトゥールは混乱する頭で状況を整理する。

気づいているのか。バレているのか。嵌められたのか。メーテルは何をやっている、どうして教えてくれなかった、裏切ったのか。部下はどうなっている。ニンジャってなんだ、ガルブレイスはそれに負けたのか。じゃあ俺はここで――死ぬのか。

その時、応接室のドアがノックされる。

「お館様、トーマスです」

「ああ、入れてあげて」

その名前は知っていた。トーマス・パットン。

王国の武術大会において十五歳以下の部で優勝。王国近衛第一騎士団の誘いを蹴り飛ばして侯爵家にやって来たという剣の天才。アブソルートの麒麟児。

俺ごときが正面切って戦えば二分と掛からず殺されるだろう。

ああくそ、今でさえ高い逃走の難易度が跳ね上がりやがる。

「失礼します」

そう言いながら入って来たのは、門の所で見た少年騎士。どうやら俺の見立ては間違っていなかったらしい。

ただ、急いで来たのか重い物でも運んだのかやや息切れしている様子だった。

「あらま、どうしたのトーマス」

「ご報告いたします。屋敷猫リー・クーロン以下三名、屋敷付近で潜伏していた諜報員四名の捕縛に成功いたしました」

トーマス・パットンのその報告に心臓が止まりそうになる。冷や汗が止まらない、手足が震える。

俺に何かがあった時のための部下が五人中四人も捕縛されたのだ。

適当な数合わせを連れてきた覚えはない。一定以上の実力者を選んだはずだ。

なのにどうしてここまでしてやられる。

いや待て、まだ終わりじゃない。あと一人残っている。一人でも情報を持って逃げ帰ることができれば、それは勝ちとは言えずともそこに価値はあるはずだ。

俺の仇だって他の四天王の方々がきっと取ってく――あれ、なんか俺思考がもうここで死ぬ方向にシフトしている気がする。待て、早まるな、これはアブソルートの罠だ。

いや既に罠に嵌まったから死ぬんだわ。なんかもう頭まとまんねぇ。

とりあえず頑張れラストワン。お前がオンリーワンだ。

「お館様、一匹追加です」

「にゃー」

いきなり部屋の扉が開いたかと思うと一人の男が投げ込まれた。

……見覚えがある、潜ませていた部下の一人だ。完全に気絶している。

続いて入室するのは声の主。口元を覆うマフラーと迷彩柄の忍装束。服装こそ先ほどとは違うが忘れもしないそのエメラルドの瞳。

そして、ああそうだ、最初から違和感があった。

手だ。きめの細かい白い肌には似合わない、マメの潰れた痕のある強張った手。

それこそが、普通の貴族の令嬢には絶対に無いもの。弛《たゆ》まぬ武練の証明。

間違いない、彼女こそ――

「おかえりサクラ、怪我はない？」

サクラ・アブソルート。頭のおかしいご令嬢……!!

と、その頭に乗った赤茶の猫。

「ご心配には及びません、チーちゃんにかかればネズミの一匹や二匹、朝飯前です！」

「にゃー！」

猫を両手で掲げてどや顔する小娘となにやらファイティングポーズ的なことをしていると思われる猫。

そして俺は泡を吹いて倒れている部下を見た。

お前、猫に負けたのか……。

「そうかいそうかい、よくやったねチーちゃん。来月からはもうワンランク上の良い餌を仕入れてもらおうか」

「にゃー……」

「お館様、チーちゃんは『ははっ！　お館様、この程度の些事の度に昇給してしまっては早晩侯爵家が破産してしまいますぞ？　褒美は大物喰いに成功した暁に謹んでお受けしましょう。例えば……そう、そこの侯爵家騎士団長様とか、ね……』と申しております」

いや言ってねぇだろ。「にゃー……」のどこにそんな情報量入ってるんだよ常識で考えろ。

つかどんだけストイックなんだよ渋すぎるだろその猫。

そこの侯爵家騎士団長って王国の武術大会で二十年連続優勝を成し遂げて殿堂入りした本物の化物だぞ理想高ぇなおい。

「ほう……猫畜生の分際で俺と張り合うと？　これは一度、最強とはどういう意味なのか、野生の勘を失い鈍り切ったその体に直接教えてやらんといかんかな？」

いやあんたも乗るんかい！

なに猫相手に本気の殺気出してんだよ大人げねぇな！　あんたもう五十過ぎてんだろうが！

「にゃ～」

「『ふっ……確かにあなたは最強だ。しかしながら、最強とは常勝や無敗という意味ではない、強さの上に胡坐《あぐら》をかいた頭の固い人間一人、倒す術など幾らでもある。実際に御覧に入れましょうか、ご老人？』だってよハンス？」

だからどこにそんな情報量があるんだよ！

セリフが一々格好良いんだよ！　全然そんな顔してないからな!?

精々が『さっき食べた煮干し中々うまかったな～』みたいな表情してるからなその猫！

ほら今あくびした！

……いや、これ、逃げられるんじゃないか？

俺を無視してめちゃくちゃ和気藹々《あいあい》と話しているし。

そこの窓をぶち破って飛び出してからスーパーヒーロー着地を決めた後、Bダッシュで逃げて森に入ればチャンスはある。

よしそうと決まったならすぐ行くぞ……5・4・3・2――

「あら、アーネスト様お帰りですか？」

わざとらしい大きな声が部屋に響いた。

振り返ると、そこには大変性格の悪い笑みを浮かべた女が一人。

メーテルだ。

「ああ、最後の一匹がまだでしたね」

サクラ・アブソルートのその言葉に部屋全体の視線がこちらに集中する。

ああそうだろう、バレていた、最初から、全部。勘が当たっていたのだ、くそぅサラリーマンじゃなければこんなところ来なかったのに！

メーテルめ、裏切ったのは保身のためか？　それとも帝国すらも裏切ったのか？

情報をべらべら喋ったのも罠だったのか？

可愛い顔していてるからって舐めやがって。

「メーテル貴様！　裏切ったのか！」

「あら～？　裏切るもなにもぉ、もう私帝国の人間じゃありませんしぃ？　あなたに味方した覚えもありませんしぃ？　もしかして勘違いしちゃいましたぁ？　ちょっと優しくされただけで勘違いしちゃいましたかぁ？　そうですかぁ～、すいませぇん、そんな初心《うぶ》な方とは私ぃ、思いもよらずぅ……ごめんなさい！　お仕事だったんです、本気にしないで♡」

「くそったれぇええええええええええええええええええええええええええええ!!」

ちょっと図星だった。

マイネーミーズ侯爵。いや侯爵は名前じゃなかった。

それはともかく応接室にはランバルトゥールくんの慟哭が響いています。

「うるせぇ！　お前みたいな女こっちから願い下げに決まってんだろうが！」

「うわぁ、モテない男のテンプレムーブですねぇ。ださぁ（笑）」

「～～～！」

口に手を当ててニヤニヤしながらププッと笑うメーテル。

性格が悪い。

さっきまで明らかにハニトラをやっていたからね、いわゆるさりげないボディタッチとかふと見える肌の露出とか。

引っかかる方も引っかかる方だとは思うけども、だってランバルトゥールくんもその道のプロなわけですし。

まあワシもスパイ時代のメーテルを「優秀な子が入ったなぁ」とか思いながら見ていたのであんまり人のこと言えないんだけども。

でもやっぱり暗殺者組織なんかに所属していると禁欲主義的な生活を強いられているのかもしれないしね。どんまい。

「もういい……」

おや？　ランバルトゥールくんのようすが？

「全部ぶっ壊してやる！」

……爆弾だー。自爆用かな。

ほらー、拘束してない状態で煽るから。窮鼠猫を噛むって知ってる？

「何をやっているのですか、メーテル」

「正直申しわけございません」

彼の体に巻いた大量の爆弾はこの部屋ぐらいなら吹き飛ばせるだろう。

暗殺組織って全員にあんなことさせてるの？

離職率高そう。従業員は大切にしなきゃだめだよ。

「もうちょっと慌てろや！」

ランバルトゥールくんが吠えながら、マッチで導火線に火を点けた。

「いやだって」

「ハンスいるし」

「ですねぇ」

「にゃー」

「行けトーマス」

おーっとここでハンス選手のキラーパスだー!! スパルタってレベルじゃないね!!

「僕ぅ!?」

「がんばってトーマス」

「行きます――」

単純! 単純だねトーマス!

伊達にサクラの護衛騎士二年続いてないね! だいたいみんな心が折れて原隊復帰するのに!

姿勢を低く前傾姿勢。居合の構えからの踏み込みで一瞬のうちに距離を詰める。

「しっ!」

一閃。雷霆の如き一撃が、空気を裂いた。

「は?」

ランバルトゥールくんは依然として健在。トーマスは、火種だけを斬り離した。

「てやっ」

呆然としているところでサクラが苦無を投げつける。

「は?」

それは綺麗な直線で額に直撃し、ランバルトゥールくんはそのまま力の方向に倒れる。

え、やばない？　死なない？

「大丈夫です、刃は潰しておりますので死にはしません」

「ならよかった」

……いいのかな？　いいのかも。

うん。窮鼠は所詮窮鼠でしかないってことで。

「お掃除完了です！」

娘が笑顔ならたぶん間違いじゃない。

正解かは知らない。

閑話・四天王会議1

帝国の山間部のどこか。秘境と呼ぶに相応しいその場所に、暗殺組織「グレイゴースト」の本拠地が存在する。

組織でも幹部クラスにしか知らされていない機密中の機密。そんな場所に今回集まったのは赤髪の男、鼠色の肌の女、性別不詳の背の低い黒いフードの三人。

円卓の上に置かれた四本の蠟燭の内、三本が灯る薄暗い石造りの会議室。

「ガルブレイスがやられたようだな……」

「くくく……奴は四天王最弱……」

「王国の猿共にやられるとはグレイゴーストの面汚しよ……」

彼らはグレイゴーストの『四天王』。

『首領』『沙羅双樹』『三傑』に次ぐ組織の上級幹部である。

先日、アブソルート侯爵暗殺のために王国に赴いた四天王の一人「風のガルブレイス」が行方不明となり、緊急会議を開くこととなったのだが――

「でも、じゃあいなくてもいいかって言うとそういう話でもないよね」

「「それな」」

かなり焦っていた。

「極論暗殺者に強さとかいらないし」

「むしろ戦闘になるとか無能って言われても仕方ないわね」

「そう考えるとやっぱりガルブレイスが一番優秀だったんじゃないか？」

「「それ」」

二人がうんうんと頷く。

「……あいつが受け持ってた仕事って結構多かったよな？」

「……だいぶ残ってるよ」

そう言うと黒フードが持ち込んだ書類の束を机の上にばら撒く。その数……えー、たくさん。

「え……？　これ全部ガルブレイスの……？」

「イエス」

「嘘……？　私の仕事少なすぎ……？」

「そりゃあ三人揃って押し付けてたからね。有休も自由に取れたし、彼には楽させてもらったよ」

「「…………」」

つらい。

「……ガルブレイスの死因って過労死じゃないよな？」

「しっ！　考えちゃ駄目よ！」

「「……」」

とてもつらい。

「……とりあえず手分けするか？」

「じゃあ私は連合担当で！　決まり！」

「あっずりぃ！」

「なら僕は公国で」

「はっ、おい！」

「王国はよろしく！」

「ちょ、待てよ！　一人で処理できる量じゃねぇって!?　なっ？　頼むって！」

「「バイバイ」」

しかし、思いは届くことなく二人は自分の分の書類だけ持って砂塵のように消えてしまう。

残されたのは赤髪の男と、一番数が多く難易度も高めなものが多い王国での仕事。

一枚拾って見てみると「アブソルート侯爵の暗殺」の文字が目に入る。

自分がガルブレイスに押し付け、そしてそのガルブレイスが失敗して行方不明となった任務。

おそらく彼はもう生きてはいないだろう。

「はぁ……」

ガルブレイスを思い出す。真面目で責任感の強い冗談の通じない堅物。

他人へのコンプレックスが強く、卑屈で話は合わんし趣味も合わない。

性格は真反対でよく任務に対する態度で注意され喧嘩になることも多く、それが原因で上司に説教されることもしばしば。断言させてもらうが決して友人ではなかった。

だが、戦友ではあった。かつて背中を合わせて戦った。命を預けあった。

それだけは確かだった。

「ちょっくら気合入れるかぁ……」

男はそう呟き書類を握りしめる。

そして、蠟燭の灯と共に刹那燃え上がり、ふっ……と消えた。

次回
「炎のシュナイダー」

第2章　社交界など行きとうない

妹《ボケ》と兄《ツツコミ》

おはようございます。アレクサンダー・アブソルートです。

それはよく晴れた日のでき事でした。この屋敷は周りを囲む背の高い木や、山の中腹という立地の関係上、常に仄かに暗くはあるのだけど、それでも部屋毎に陽の当たる時間帯ってものがある。

執務室のそれは早朝で、ワシが起きぬけにコーヒーでも飲みながら優雅に仕事の準備をしていた時、突然バーンと大きい音を立てて扉が開いたかと思うと、簀巻きにされた状態で気絶している赤い髪のごつい男が放り込まれました。

意味わかんない。もとい、意味わかりたくない。

「お館様、今日のネズミです！」

満面の笑みでそう言うのはワシの愛娘、サクラ・アブソルート。

たまにノック忘れるよね。お父さんビックリする。

娘よ、暗殺者は牛乳じゃないんだから毎朝持ってこなくてもいいんだよ？

「今回は中々面白い趣向のネズミでした！　火気もないのに体が自然と発火したんです！　バーンッて！　不思議でした！　今度やってみようと思います！」

いつになくテンションの高いサクラ、こういうとこ見ると十三歳だなぁと思うのだけれど言ってることが物騒なんだよね。

なに？　燃えるの？

「うん、やっちゃダメよ？」

「大丈夫です！　ちゃんとバケツに水を入れて用意しておきます！」

「そういう話じゃないの、花火やるのとは違うからね」

「？　……はい！」

いまいちわかってなさそう。

それにしても最近めちゃくちゃ刺客が送り込まれてくるね、ワシなんかした？

こんな飲みニケーションぐらいしか能のないおっさん殺したってなんも出ないよ、だってワシいなくても領地回るようにしてあるし。

むしろワシ必要？　ってレベルだし、最近執事長のルドルフからオブラートに百枚ぐらい包んだ「余計なことすんな」をいただきました。悲しい。

ワシだって領民のために何かできないかって頑張っただけなのに……。

だから狙うのやめて。お願い。お饅頭あげるから。

「それで、ここからが本題なのですが……」

暗殺者の捕縛も十分本題でいいと思う。

「兄上が帰ってきます！」

サクラは、嬉しそうにそう言った。


ジョー・アブソルート。アレクサンダー・アブソルートの嫡男で二十一歳。

王立騎士団所属の特務騎士であり、アブソルート侯爵家次期当主というスーパーエリート。

文武両道を地でゆき、王立学園での学生時代の成績は三年間不動の首位。鬼才と称される。

また容姿も端麗で女性人気が高く、そのうえ美人でおしとやかな年下の伯爵令嬢の許嫁《いいなずけ》がいる。

きっと神様が「ぼくのかんがえたさいきょうのにんげん」とか言いながらノリで作ったに違いない。神様は不公平、人の世は不平等。

これで中身がクズならまだ嫌えたのだが、多少口が悪いだけで性格はきめ細かく理性的。義理人情に厚い皆の兄貴分。一回死んでほしいのに死んでほしくない、それがまた非常に腹立つ。

せめて、せめて特殊性癖の一つや二つ持っていていてほしいし、国はイケメン税の導入を真剣に検討するべき。

でも最近、部隊で飼っている犬から格下に見られているのがわかったので同期男子一同ちょっと満足している。よく機嫌を取ろうとしているが逆効果なのをわかっていない。

以上、友人Rさんのジョー・アブソルート評。

まさにこんな感じ。貴族界のトンビと名高いワシにはもったいない鷹のようによくできた息子が

ジョーだ。

だけど、そんなジョーにも弱点がある。

「あにうえあにうえ!! ひさしぶりですね!!」

「ええい! ひっつくな! 抱きつくな! なんでちょっと焦げ臭いんだお前!」

「まいおんりぶらざー!」

「あと二人いるだろうが馬鹿!」

弟妹である。特にサクラ。

「それにしても連絡もなく急に帰って来るなんてどうしたの?」

「あにうえおみやげー」

「はい、少し急ぎの報告がありまして――」

「おみやげぷりーずみー」

「王都で何かあったの?」

「おみゃーげー」

「いえ、王都ではなく危険なのは侯爵家で――」

「ねーあにうえー!」

「じゃかぁしぃっ! ルドルフに渡してっから自分で取って来い! そんで勝手に食え! そんで太れ! 豚になれ!」

「イィイイヤッフゥウゥウゥウゥ!!」

一陣の風となって執務室を出ていったサクラを見送りながら、ジョーはうんざりとしたような顔でため息を吐《つ》いた。

その光景を見てワシは思う。羨ましいと……。

「……父上は『お館様』ですからあれが『ニンジャ』を演じようとしている限りは仕方ないんじゃないですかね。別に嫌われているわけでもないし、根底には『大好きな家族のために』ってのがあるから心配することないのでは？」

「はっ!? 『お館様』を他の人に交代してもらえばワシにも甘えてくれるのでは……？」

名案。ワシってば天才!!

「やめさせるって考えはないんですか……？」

「サクラを甘く見ちゃ駄目だよ。もう既にハンスとルドルフからお墨付きをもらってるからね！」

「俺だってもらえてないのに……!?」

頭を抱えながら愕然とするジョー。

ちなみにハンスは前述の通りだけどルドルフはハンスと同時期に武術大会で十五年連続準優勝の記録を持ち、嵐のハンス、柳のルドルフと呼ばれ畏怖されたスーパー執事だよ。

今は荒事には積極的には関わらないけど、サクラがまだ小さい頃は屋敷の番人を兼任していた過去があったりなかったり。

それはそうとこの屋敷にはやたらとスペシャルやスーパーな人が多いね。こわひ。

「でもお館様が替わるってことはそれ嫁に行くってことでは……？」

「やだ――――――――――――――――!!」

「うるさっ……」

今のガチトーンだったよね、傷つくよ。親に向かってなんだいその目は。

いいかい冷静に考えてみてほしい。なぜサクラを嫁にやらねばならない？

何をどうしたらワシの可愛いオンリーマイエンジェルを嫁に出すという発想が出てくる？　頭おかしいんじゃないか？

「うわぁ……めんど……」

五千兆歩譲ったって入婿だろう。だよね？

「私も嫌ですぅ！」

「え、誰？　いたの？」

「だよねメーテル！」

「はいっ！　お嬢様が欲しければ私を倒してからにしてもらわないと！」

「そう！　ハンスとルドルフを同時に相手取って勝てるぐらいじゃないとね！」

「いやそれ人間じゃないのでは……？」

「お父さん許しませんからね――――――!!」

「――もし」

その時、執務室の扉を少し開け、ひょっこり顔を出したのは片眼鏡のロマンスグレー。ルドルフだ。声音は優しく紳士的な笑顔、ではあるが。

「旦那様――」

その眼鏡がきらりと光る時、それは激おこのサイン。

「すいませんでしたぁっ！」

「父上ぇ……？」

怒られる前に謝る。息子に情けなく思われようが構わない。

武の最高峰に睨まれるってことがどれだけ恐ろしいか、インドア派のワシには耐えられるものではない。

上司と部下の関係なんて圧倒的武力の前にはあってないようなもの。

知ってる？　上司って殴ると死ぬんだよ？　従業員満足度の高低は命に関わる。

ちなみにメーテルは気配を消してどっか行ったみたい。そういうとこずるいね。

「……まぁ良いでしょう。まだ朝も早い、くれぐれもお静かにお願いします」

ルドルフは少しだけ呆れたようにそれだけ言うと帰って行った。

また今日を生き残ってしまった。まだ心臓がバクバクドキンとしている。気づくと滝のように汗が流れていたのでハンカチで拭く。背中がびっしょりと濡れている気もするのであとで湯浴みに行こうと決意がみなぎった。

「父上、それで報告なのですが」

「あ、うん」

ジョーが先ほどまでのやり取りをなかったことにし始めたのでそれに乗っかっておく。

ちょっと頭落ち着いたら恥ずかしくなってくるよね。

あーサクラに見られなくてよか――

「…………」

……まあ、うん、サクラは部屋のソファに座っていた。

美味《おい》しそうなお菓子をホットミルクと一緒に楽しんでいるようで顔が輝いている。

そうだよねルドルフがこっちに来たならサクラも戻ってるよね。

これだから気配遮断スキルは!!

お菓子に夢中だから話は聞いてなかったみたいだけど。

「あにうえ！　これ！　私が食べたいって言ってたJ・J・J《ジャン・ジャック・ジョルジュ》のお菓子じゃないですか!?　覚えててくれたんですか!?」

「たまたまだ」

「でもこれって開店六時間前から並ばないと買えないって噂のパウンドケーキですよね!?」

「勘違いするなよ、ちっと空き時間ができて暇だっただけだ」

「ゴウランガ!!　ゴウランガ!!」

「いいから座って静かに食え！」

「はい！」

家族の微笑ましい光景に頬が緩むよね。ジョーは基本的に王都の方で暮らしているから、サクラはあまり会えないことを寂しがっていたので嬉しそうで大変結構。

いやでも、それにしても美味しそうなケーキ……。

「父上の分もありますよ、ラムレーズンのが……」

何かを察したようにジョーが苦笑しながら言う。

こーいうところがね。

慕われるんだろうね。羨ましい。

「それで報告なんですが……」

「うんうん」

テイク3
「帝国の暗殺者が我が領内に潜伏しているとの情報が入りました。敵の名は『グレイゴースト』、伝説の暗殺者と同じ名前ではありますが、現在は直系が名を相続し帝国を拠点に傭兵集団として存続しているようです。今回動き出したのはその中でも四天王。『風のガルブレイス』と呼ばれる危険人物です。即刻ハンスを呼び戻し、屋敷の警備を固めるべきかと」

「それ今日サクラが捕ってきたやつ?」

「いいえお館様、今日捕ったのは『俺は炎のシュナイダー！』とか名乗っていたので違います。確か先月のやつがそんな感じの名前だった気が」

「そっかぁ。ジョー、大丈夫だって」

「…………」

ジョーの顔から表情が消えていた。

王都で自分の仕事をしながら、侯爵領のことについても意識を回すのは大変だったことだろう。

グレイゴーストについて調べる労力は簡単には推し量れない。

満を持して情報を持ちかえれば自分の情報が一回り遅れていたことを突き付けられる。

我が子ながらどんまいとしか言いようがあるまい。

「……まだあります、領内にポーションの材料を装って麻薬が流入している件は――」

「もう潰したよあにうえー」

「エトピリカ商会の黒い噂が――」

「事実だったから逆に利用してやった後にしばいといたよあにうえー」

「リットン子爵領に出入りしている不審な人物について――」

「帝国の人間だったよあにうえー。たぶん宰相が詳しいよー」

「最近領海付近に出没している国籍不明の軍船――」

「それも帝国人だったよあにうえー。外国での海賊行為を国が推奨してるんだってー」

「関所付近で頻発している失踪事件に関しては――」

「あれ犯人は熊だったよあにうえー。強かったよー」

「ふんぬぅ!!」

いきなり手に持っていた書類を全力で地面に叩きつけるジョー。

そして何度もそれを踏みつけにする。書類さんかわいそう。

サクラはいまいちわかってない表情で首を傾げた後にパウンドケーキへと向き直った。一口食べるごとに腕を振り回して喜びを表現している。

幸せそう。

熊倒したって本当？　お父さん聞いてないよ？

「まあジョーは王都にいるわけだし……」

「王都にいたら十三歳の妹に負けてもいいんですか!?」

いや勝ち負けとかないから。同じ土俵で同じ仕事をやっているわけじゃないし。ジョーはどんどん手柄を立てて出世していると聞くよ。

「今でもジョーは十分以上に働いているじゃない。これ以上どうしたいの？」

「そんなの……そんなの！」

「そんなの？」

「あなたの誇れる息子で、弟妹たちの強くてかっこいい頼れる兄貴でいたいからに決まってるじゃないですか！」

うわっ眩しっ！　良い子過ぎる。

「あにうえかっこいいー！」

「うるせぇ！」

自分で言っておきながら怒鳴るジョー。その顔は赤く染まっている。

うん、まあ、弱点は弟妹だね。

特に関係ないけどこの日を境に「エンダーン　ボガーイ　ホーホー」という謎の呪文を呟きながら領内を歩き回る奇妙な人間が現れたらしいよ。しかも複数名。また変な噂が増えちゃった。


太陽の時間が終わり、月の明かりが部屋に差し込む。テーブルとベッドが一台ずつの、一見簡素と言うにもあまりに寂しいその部屋に一人。

サクラ・アブソルートは動き出す。

夜。そう夜である。良い子は早く寝る時間。森の賢者は鳴く時間。そして来たるは影時間。

今日も今日とて夜間警戒・害獣駆除にでも勤しもうと私は忍装束へと着替えました。

今朝は兄上に久しぶりに会ったせいかお館様の前で少し気を抜きすぎてしまいました、ニンジャとしてあるまじき失態です。

これは新たに手柄を立てて汚名を雪《そそ》がねばなりますまい。とりあえず帝国製のネズミが領内の森の適当なところに巣穴を作って引き籠ってそうなので暴きに行きましょうか。

「ということでしゅっぱ――あんぎゃ!?」

いざ出陣とドアノブに手を掛けたところ、プルするはずがすごい勢いでプッシュされた。

「あ?　ああ、悪い当たったか」

「あ、兄上……」

尻餅ついた私の目の前には片足を上げた兄上いました。まさかドア蹴破ろうとしましたね。なんて行儀の悪い。というかたまにノック忘れますよね、兄上のそういうとこだけ嫌い。

でも右手に菓子の詰め合わせと左手にティーセットを持っていた。そういうところ好き。

「菓子が余ったから持ってきた。食ってもいいぞ」

「え！　ほんとですか!?　やったー!!」

ぶっきらぼうに言う兄上。ですが「Ｊ・Ｊ・Ｊのお土産が余るわけないじゃん……というかまだあったんだ……」という声は心に仕舞います。

下手なことを言って照れられて没収されてはかなわない。

とりあえずティーセットを受け取り笑顔でお礼を言っておく。でも兄上、私は紅茶よりホットミルクの方が好きです。

「でもその前に、お前その服は何だ？」

ジロリと睨むように言う。そうだった、兄上は私がお館様のシノビであることに不満なのだった。

「…………せ、制服」

「ほー、どこに何しに行くためのだ」

「も、森の賢者に知恵を授かりに……」

「夜更かしするなのならこの菓子はやらん」

「にゃんと!?　そのような非道が許されるとお思いか!?」

「もうちょっと口調を統一しろお前は。あと、成長期にちゃんと睡眠取らねぇからお前は身長伸びねぇんだこのチビ」

「はぁー!? 言うに事欠いて誰がチビですか!? 私だってもう150cmあるんですからね!?」

「ふむ?」

私がそう言うと、兄上は怪訝そうな表情をしてから自分の頭頂部に手を置き、それを高さそのまま私の頭の上にスライドさせます。確か兄上が185cmぐらいですので……。

「ふっ（笑）」

約40cmの差があることがわかると嘲笑うように鼻を鳴らしました。あ、ちょいと失礼。

「なっ、なんですか兄上!! ちょっと高学歴・高収入・高身長だからって威張っちゃって!! 私より持って帰る情報が遅くて少ないくせに!!」

「なっ……う、うるせぇ!! そもそも侯爵令嬢がニンジャなんぞやってるとこからおかしいんだよこの馬鹿!! 自分で言ってても意味がわかんねぇ!!」

「ニンジャの何が駄目なんです!? 私の未来には無数の道が広がっている、私はなんにでもなりたいものになれると言ってくれたのは兄上じゃないですか!?」

私はあの日の兄上の言葉に感銘を受けてここまで頑張ってきたというのに。

「だからって目の前で獣道にダッシュされた兄の気持ちがお前にわかるか!?」

「知りませんよそんなこと!! それに獣道じゃありません!! 忍道です!!」

「どっちみち道なき道を行ってんじゃねぇか馬鹿!!」

「馬鹿馬鹿言わないでください!!」

馬鹿って言う方が馬鹿なんで――

……いや兄上を馬鹿と言うのはいろいろ無理がありますね。首席だし。

恋愛に関しては馬鹿だけど。義姉上（予定）もよく愚痴っている。クッキー美味しい。

「えーっと、あ、そうだ！　私は兄上が義姉上の誕生日に送ったＩＱ３のパティシエが作った砂糖菓子みてぇにゲロ甘い大変ポエミーな手紙の中身だって知ってるんですからね!?」

「なっ!?　え、おまっ、そっ、ま、まさかお前盗み見たのか!?」

「いえ、普通に義姉上が嬉しそうに見せてくれました」

「ジェシカ――――!?」

耳まで真っ赤な顔でここにはいない義姉上――ジェシカ・ナイトレイ伯爵令嬢に向け叫ぶ兄上。

そんなに恥ずかしいのだろうか？

実のところ私はポエムには興味なかったので内容はあまり覚えていない、湖面の月とか乙女とか妖精とかそんな感じのワードが出ていた気がする。

とりあえず義姉上の弾けんばかりの嬉しそうな笑顔と身振り手振りで喜びを表現するその姿がたいそう微笑ましく、これはもう義姉上（予定）から義姉上（内定）または義姉上（確定）に変えても良いのではないかと思ったのは記憶に新しい。ビバダックワース。

「そういえば、兄上はまだ結婚しないのですか？」

半分は話題を逸らすために聞く。

兄上は二十一歳、義姉上は十九歳。適齢と言えば適齢。遅いと言う人もいるかもしれないが、まだ少し猶予があると言われればそうかもしれない。つまり人それぞれ。

ただ、政略の意味合いが強かったこの婚約は、二人の相性が良かったのかそこらの恋愛結婚よりも熱々である。チョコ最高。

兄上の周りの男性陣が『リア充爆発しろ』と言っているのをよく聞く。

「仕事が忙しいんだよ、帝国が空気読めねぇからな。もうちっと情勢が落ち着かねぇとなんとも言えねぇわ」

疲れ切った苦しい顔で兄上が言う。また帝国ですか、面倒くさい。

ワッフル、ワッフル。

「もう私がちょっと皇帝暗殺しましょうか？」

名案。私ってば天才!! 実際これが一番手っ取り早いと思う。

こう、サッと行ってシュバッてやってヒュンッとなってバン！ みたいに。

「できもしねぇこと言うんじゃ……いや、やるなよ？ 絶対にやるなよ？」

やだなぁ、やりませんってば。冗談ですよ。

その怪訝そうな視線はよしてよ兄上。私は約束を守る女ですよ。

だから、お菓子返して。

「いやそもそもなに食ってんだよ、いつ盗んだ」

「え、だって兄上が隙だらけだからつい……」

だいたい「ふっ（笑）」のあたりで。

「…………没収」

ちょ、高く上げないで。届かない。届かないよ兄上。

くっ、このっ！　はっ、とうっ！　ずるい兄上！　私より身長40cm以上も高いんだから、届くわけないじゃん！　や、やめ、あ、頭押さえないでっ、おかっ、おかぁしっ！

「絶対にやらないと誓え、それと今日は早く寝ることもだ」

「誓いますっ!!」

「元気か」

元気ですとも。

「お前の中で菓子のプライオリティどんだけなんだ……」

「サクラ死すともお菓子は死せず！」

「だろうな」

そこは……なんかこう迸る情熱をニュアンスから感じ取ってください。

だって最近ルドルフがあんまりお菓子食べさせてくれないから！

さあ！　さあさあさあ！　お菓子を！　プリーズミースイーツ！

「………」

「兄上？　早くそのマドレーヌを……」

黙りこくる兄上。その顔がだんだんと意地の悪いものへと変わっていく。

J・J・Jのマドレーヌは王国一と専らの噂。甘党垂涎の逸品。お楽しみは最後にと、まだ一個も食べてないのに……。え、なんですこの空気？

「悪い、ウィリアムの分の土産を取って置くのを忘れていた、これは持って帰る」

「そんな馬鹿な!?」

兄上に限ってそんなミスをするはずがない。そしてそのニヤニヤした顔から察するに最初から狙ってましたね!?　ちょっとだけ試食させておきながら、さあ本番というところでさっと引き離すとか完全に麻薬の売人の常套手段ですよ！　なんて卑劣な！

「だ、大丈夫です!!　ウィル兄は甘いものが苦手なので私が処理してあげます！」

「んなわけねぇだろ設定を捏造すんな。何年兄弟やってると思ってんだ」

くぅ、外道め。マドレーヌを人質にとって兄上は恥ずかしくないのですか!?

おふくろさんが泣いてますよ!!

「何が望みなんですか兄上……」

そう問うと、兄上は懐から一枚の便箋を取り出した。

質の良い紙に微かな香。そしてそこに描かれた紋様は……王家の……？

「なっ、なんですかそれ？」

「王太子殿下の誕生日パーティーの招待状だ。マドレーヌが欲しければこいつを受け取ってもら
――」

「いりません」

「え」

肩透かしを喰らった兄上がちょっと情けない声を出すけれどそんなのは関係ない。

マドレーヌだっていらない。招待状なんかいらない。パーティーなんて行かない。

「社交界なんて……社交界なんて、私は行きませんからね!!」

絶対に!!


ジョー・アブソルートは焦っている。それはもう、焦っている。

先週のことだ。宮廷での用事を済ませ、さっさと騎士団の宿舎へ帰ろうとしていたところ、ちょうど政務を終えられたばかりの国王陛下に見つかって呼び止められたのだ。

「ああ、ジョー・アブソルートか。ちょいと待て」

「……な、何か御用でしょうか?」

「そうかしこまらんでいい。たいした用件ではない。お主の妹……確か名はサクラだったか? 今いくつになる?」

「……十三になりますが、サクラに何か?」

「ん? いやなに、もうすぐ倅《せがれ》の誕生日パーティーがあるからな。確か歳が近かったようなと、ふと思い出しただけだ。生まれたときに一度見た切りで、アレクが全然外に出そうとしないらしいではないか。まあ随分と箱入りのようだな?」

「……そうですね！」

俺はその時、嘘を吐いた。

箱になんか入っちゃいない。いや、入れたはずなのにいつの間にか抜け出している。

箱入り娘よりも秘密兵器と言った方が多分正しい。でもだからといって「ニンジャをやっています」などと言う勇気は俺にはなかった。

「連れてこい」

「はい……え!?」

「なんだ、倅と同年代の侯爵令嬢だ、言わんでも意味はわかろう？　それに、いい加減お前とアレクの顔も見飽きたしな」

正気かあんた。

いやそれを言うならあの馬鹿にか。

確かに年齢と身分は釣り合っているし、容姿も身内の贔屓《ひいき》目を抜きにしても十分以上だ。

ルドルフの尽力の甲斐あって公の場での礼儀作法にも問題はない。

もしそういう事態になったとしても、重圧で潰れるタイプではないし、どの分野においてもその学習能力には目を見張るものがある。

民を想う優しき心を持ち、使用人たちには慕われ、浪費癖もなく、主人には尽くすタイプ。

あれ……これ結構いけるんじゃ……。

……いやでもアレはねーわ。

「招待状はあとで送る、会える日を楽しみにしているぞ」

それだけ言うと陛下は颯爽とマントを翻し、供回りを連れて去って行った。


——なんてことがあったので。


「出て来い馬鹿!! 国王陛下直々の招待だぞ!?」

「嫌です無理です行きたくないですぅ!! いいじゃないですか箱入りって設定なら! ついでに体が弱いって設定も追加しといてくださいよ!!」

俺は布団にくるまってベッドに籠城するサクラを引き剝がそうと躍起になっていた。

くそ、菓子で釣ればすぐに食いつくと思ったのにとんだ見込み違いだ。なんのために朝から男一人で菓子屋の前に並んだと思ってやがる。

「単身で熊を殺すような奴が何を言ってんだ!」

「病弱の代名詞ピーター兄がいるから信憑性高いでしょ!」

「脳筋の代名詞ウィリアムがいるから無駄だ!」

いやそういう話じゃねぇ。国王陛下からの招待状、つまりそれはある意味では召喚状。

本来なら子供の我が儘で断れるものではない。今までは父上がそれとなく執り成してきたが、長く続けば立場も心証も悪くなる。

「私は知ってるんですよ!? 社交界ってあれでしょ!? 『サクラちゃん可愛いって言って?』『サクラチャンカワイイヤッター!!』みたいなのを各々の名前に替えて繰り返すだけのくっっっっっそつ

まんないあれでしょ!? 知ってるんですからね!!」

「なんだそのゴミみたいな偏見!! 誰からそんなこと聞いた!?」

「メーテルですよ!!」

「風のうわさ以下の情報源じゃねぇか!?」

まあ、まったくそういう側面が無いとは言わねぇけど。どう考えてもサクラ甘やかし勢の急先鋒じゃねぇか、嘘に決まってんだろ。

「たかだか二時間ちょっと飯食いながら喋るだけだろうが!!」

「それが嫌だと言っているんです!!」

「どこがだ!! お前の馬鹿みたいにハードな修行内容の百倍マシだろ!!」

「どぉ――せっ!! 皆して私のこと変な子・馬鹿な子・頭のおかしい子って言うんです!!」

「…………」

くそっ、反論できない。一分の隙の無い完璧な罵倒だ、ただの事実とも言う。

「否定してくださいよ!?」

「してほしけりゃ出て来い!! そしたら俺の妹は裏表の無い素敵な妹ですって紹介してやるよ!!」

「い! や!」

魂の断固拒否を続けるサクラ。ベッドに縫い付けてあるのかと思うほどにその布団は剝がれない。

どうなってんだこれ。

「ちょっとは普通の令嬢らしくできんのかお前は! ドレスも碌《ろく》に持ってねぇだろ!」

「普通ってなんですか!? ドレスがそんなに大事ですか！ 刺繍ができるのがそんなに偉いのですか！ 花を愛《め》でなきゃ駄目なんですか！ 本を読まなきゃ馬鹿ですか！ ニンジャはそんなに悪いことなんですか!?」

「っ……それは」

「貴族の娘の役目が社交なのも！ どうせ『そう使うのが一番家の役に立つから』じゃないですか！ じゃあ私がニンジャでも良いでしょう!? 中途半端な政治の道具になるより百倍役に立ってみせますよ!! それで良いじゃないですか!!」

サクラは叫ぶように言う。我が儘と言えば我が儘だ。

良し悪しは別としてもサクラが変な子であることは間違いないし、俺としても八つも下の妹が危険な世界に足を突っ込んでると思うと気が気じゃない。

だけど、サクラの言にも一本筋はある。

「そりゃあ私は普通じゃないですよ！ そんなことわかってます！ でもだからってなんで否定されなきゃいけないんですか!? 悪いことなんてしてません！ 皆の役に立ちたかっただけなのに！ 私だって遊びでやってるわけじゃないのに!!」

「…………」

サクラがニンジャに、正確にはルクシア様に憧れたのは単純に、格好良かったから。

『みんなを助けるかっこいいヒーロー』だったから。

サクラが生まれて間もなくの頃。先代……祖父の晩年、アブソルート侯爵家領は大きく荒れていた。今でこそ賑わいを取り戻してはいるが、それは父とその仲間の尽力があってなお、奇跡的な回復だった。

父やハンス、ルドルフの多忙さは当時幼かった俺も子供ながら不安になるほど。栄養剤を腹に流し込んで徹夜したり、化粧で目の隈を隠したり、酷い時は仕事中に倒れかけたりなんてことは日常茶飯事で、特に父なんて要領の悪い人だから見ていて危なっかしいのでハラハラしたものだ。

加えて時を同じくして母は体を壊し、三男坊のピーターは頻繁に生死の境を彷徨《さまよ》うぐらいに病弱で――ああ、今思い返しても本当に、俺たち四兄妹の幼少期には、家族の時間ってものがほとんど無かった。特にサクラは最初からそうだったから、寂しかったはずだ。

我ながらよくグレなかったなとは思うが、やはり共に過ごす時間は少なくとも両親から愛されているという実感だけは全員が人一倍持っていたからだろう。

俺も、ウィリアムも、ピーターも、そしてサクラも皆の力になりたかった。

まあ、サクラの六歳の誕生日に滅多に一緒に過ごせない父が大仰な弾き語りなんて披露してしまうもんだから、大層感化された末に変な方向に突っ走ってしまったが。

……でも、それが家族を想う真摯な想いの発露であったことは誰にも否定できないし、否定させない。遊びじゃない、当然だとも。そもそも遊びで到達できるような場所にはもういねぇし。

というか、俺より強いのはどうなんって感じだ。

だからそっと、布団から手を放し、ベッドの前に腰を下ろした。

「なあサクラ。一回だけ、頑張ってみないか」

「…………」

　返事は無い。

「お前の未来には無数の道が広がっている、それは嘘じゃない。そこからどの道を選ぶのかはお前次第で、それがどんな道であっても真剣に考えた結果なら、頭ごなしに否定したりはしない」

「でもお前はまだ十三歳だ、歩む道を確定させるにはまだ早い」

「…………」

「七年前と今は違う。お前はあの時今の道を自分で選んだのか、それともその道しか見えてなかったのか、自分でもわかるか？」

「…………」

「お前は令嬢らしいことをしてこなかったんじゃない、俺たちにさせてやる余裕がなかったんだ。俺もウィリアムも前ばっかり向いて、家で一人過ごすお前の気持ちを考えもしなかった。それはすまなかったと思う。でも今は、今ならさせてやれる」

「…………」

「刺繍だって茶会だって案外楽しいかもしれない。もしかしたらお前には楽しくないかもしれないけど、わからず終いじゃもったいない。道は無数にあるんだ。途中で他の道に変えてもいい、寄り道してもいい、道草食っても、振り返って逆走したって問題ない」

「…………」

「そうやって色々な可能性を知った後で、お前が今の道を進みたいってんならおれも反対はしな

——いや反対はするな。たぶん。うん。する」

「…………」

「でも、否定はしない。いまはまだ理解してやれないかもしれないが、理解してやるための努力を怠るつもりもない。俺はお前の選択を尊重する」

「…………」

「お前は優秀だ。その活躍も、努力も俺は知っている。でもこれだけはわかってほしい。お前が戦う必要はもうないんだ。もしお前が足を進める理由に使命感や義務感があるのなら一度、ゆっくりと休憩してみてほしい。ハンスとドルフがいる限り、少しぐらいサボったってこの家は揺るがねぇ。それに俺ももう二十一だからな、ちったぁ頼れる兄貴になれたつもりだぜ？」

「…………」

「少しずつでいい。パーティーも俺が一緒に行ってやるし、何かあれば守ってやる。だから——」

「…………」

「——おい、なんかおかしくねぇか」

急に嫌な予感がして立ち上がり、布団を引き剝がしにかかる。すると布団は何の抵抗もなく勢いのまま宙に舞った。そして。

「おらんのかいいいいいいいいいいいいい!!」

布団にくるまっていたはずのサクラは煙のように音もなく消え、ベッドの上には同じくらいのサイズの丸太が寝そべっていた。

特務騎士(笑)

そこに貼り付けられた一枚の書置き。内容はたった一文「特務騎士（笑）」。

「…………」

あんの愚妹があっ!!　人が下手に出りゃあ調子に乗りやがって。

「……いいだろう、そっちがそのつもりなら相手してやる」

その舐め腐った頭に思い知らせてやろう。

「兄より優れた妹など存在しねぇことをなぁ!!」

首を洗って震えて待ってやがれ！

「……ん？」

しかしながら、ふとふり向いたところ。テーブルの上に置いていたはずの菓子詰めがきれいさっぱり消え去っていた。

「…………」

いや別にいいけど。ウィリアムの分はちゃんと用意してあるし、サクラのために買ってきたものに違いはないけれど。

「……はっ」

テーブルとベッドが一台ずつの一見簡素な部屋。だがその実、屋敷のどの場所よりも複雑で絡繰り仕掛けの雑多な部屋。

この部屋を起点にタコ足のように伸びた隠し通路の数々があるのは知っているが、仕組みに関しては不明。だが。

「ここまでコケにされるのは久し振りだ」

遠慮はしない。容赦も不要。なればこれは兄妹喧嘩ではなく戦争だ。

あらゆる手を使ってお前を追い詰めてやろう。

ねこあらし

森閑と更けわたる山の夜。本来なら静謐に浸っているはずのその時間、アブソルート侯爵家の屋敷は喧騒に包まれていた。

まあなんでかというと、サクラの説得に向かったはずのジョーが戻って来るなりそれもう激おこな様子で、その日屋敷で働いていた使用人のほぼ全員を広間に集めて演説をぶち上げていたからなんだよね。

ワシに無許可で。

皆さん今晩は。最近子供たちに物理的に無視はされていないけど精神的に無視されている気がしてならないアレクサンダーくんです。気のせいだって信じてる。

「諸君、今宵集まってもらったのは他でもない。現在、我が愚妹サクラ・アブソルートが国王陛下からの召喚状を拒絶し屋敷を逃走中である。正直に言おう、これは由々しき事態だ、国家反逆罪を我が家は犯そうとしている。最悪の場合、アブソルート侯爵家には反逆者の烙印が押され逆賊として王国史に名を残すことになろう」

ならないよ。なるわけないじゃん。自分でもわかってるでしょ。

召喚状じゃなくて招待状だもん。そもそもいままでも何回か招待されてはいたけど、ワシがやんわり断ってたんだからね。

確かに今回は良い機会だから参加するように説得を頼んだけど、これは違うと思う。

行きたくないのに無理に行かせても良くないことが起こりそうだし、サクラの魅力に釣られて変な虫が寄ってきても困る。ねぇ？

ほんと、普段はクールなのに家族のこととなるとすぐ熱くなるんだから。

「よって我々は彼奴《きやつ》を捕らえなければならない。しかし、それには多くの困難を伴う。彼奴の実力は皆も知る通り、その部下も生半可な実力ではない。昨日までの戦友と戦うには心の葛藤もあるだろう、仕えるべき主に刃を向けるのにどれほどの勇気がいることか。だが、躊躇うことはない。これは侯爵家を、サクラを救う戦いだ。忠誠とは盲信ではない、真に主を想うなら、その身を懸けて凶行を止めるべしだ。……まだ戸惑っている者がいるようだが、まあ致し方なし、別に責めはしない。では、そんなお前たちに戦う理由をやろう。サクラを捕まえた者には褒美として『三か月間の給金二倍、有休を十日分追加、並びにサクラ自由着せ替え権及びパーティードレス選択裁量権』を与える。立ち上がれ勇士たち、燃え上がれ戦士たち、誇り高きアブソルートの英雄たちよ、これは勅命である!!　国王陛下の御名の下、大義は我らと共にあり!!」

『おおおおおおおおおおおおおおおおおおおお！』

歓声によって屋敷が揺れる。うちオンボロだからそういうのやめて。

深夜テンションって本当に怖い。ご近所迷惑だから抑えてほしい。ご近所さんいないけど。

というか目が怖い。悪魔集会って言われてもちょっと信じる。特に侍女。

うん、まあ、気持ちはわかるよ。給料と有給が嬉しいのは当然だけど、元来うちは使用人たちとの距離感が近いからね、サクラも例外じゃない。

屋敷の侍女のほぼ全員と良好な関係を築いているし、主人であると同時に妹のような存在として可愛がっているのをよく見る。

だからって彼女らに不満がないわけじゃない。

サクラは、お洒落をしてくれないのである。素材はフローラに似て極上なのに、ニンジャ活動のために動きやすさと機能性を重視した忍装束ばかり着ているし、たまのドレスも着慣れた数着をローテーションするだけ。

お肌のお手入れとかも、侍女たちが無理矢理に近い形でさせないと自発的には絶対にしようとはしない。さながらその光景はお風呂を嫌がるネコちゃんのよう。

唯一、その長い髪だけは入念に手入れしているけどその理由は「髪は武器にもなりますからね！」とかだった。

流行はガン無視。容姿には無頓着。

新鮮なロブスターを雑にエビフライにしている感じで非常にやきもきする。らしい。

その喩《たと》えはよくわからないけど、ワシもロブスターはお刺身が好きなのでまあそういうことなんだと思う。

だから常日頃から侍女の皆はサクラに対して、『磨きたい、磨き上げたい、美しく』って気持ちでいっぱいらしく、『うちのお嬢様は最高なんだ』と全世界に主張したいらしい。

ゆえに侍女たちの心が一つになった。サクラお嬢様磨き上げ隊の完成である。

……それはそれとしてもう良い子は寝る時間だしワシ眠い。明日じゃ駄目？

『行くぞテメェら――――――っ!!』

『おいさぁ――――――――っ!!』

駄目かい。そうかい。知ってた。


一方その頃。

私が屋敷を（無断で）改築して造った屋根裏の隠し部屋に潜伏してから数十分後。

『おおおおおおおおおおおおおおお！』

「え!?　なになに怖い!?」

階下から突然聞こえたのは使用人たちの咆哮にも似た歓声。

ビリビリとした震動が私たちの所まで届く。

ええ……なにこれぇ……。

「た、ただいま戻りました！」

すると、偵察に出ていたカレンが慌てて帰ってきた。

「カレン、静かに」

「し、失礼しました……」

これで今部屋にいるのは私、リー、レオーネ、クロエ、そしてカレンの五人。

味方はこれだけ、他の屋敷猫は外に出ているか休暇で屋敷にいない。

メーテルは裏切ったようだ、次会ったら叩く。

チーちゃんは寝てた。

「――とのことです！」

カレンがその目で見てきた光景を詳しく報告する。

なんというか、ひどい。

だが、誇張なく屋敷の使用人のほとんどが敵に回ったらしく、呆れて乗り気でなかったルドルフまでもが部下たちにせっつかれて参加するようだ。

その事実にいくらかの緊張感が部屋に漂い始める。

ルドルフが参加するならハンスも参加するだろう、セットだし。

「兄上め……まさかここまで本気だったとは……」

いつもは兄上の方から折れてくれるのに今回はそうもいかないらしい。

やはり少し馬鹿にし過ぎただろうか。さすがに（笑）は外すべきだったかもしれない。

確か特務騎士はエリート中のエリートしかなれないと聞いたことがありますし。

……でも行きたくないしなぁ。

九歳の頃に初めて招待された貴族のちょっとしたお茶会で「サクラちゃんへーん」「へーん」「へんなこー」「かわいくなーい」などと言われたトラウマを私は忘れてはいません。許すまじ。

というかなんですか「自由着せ替え権」って。私は人形じゃないのに。

まったくひどい兄上です。ね!? そう思うでしょ皆!?

「………まったくその通りですね!!」

「………………ほんと汚いやり方だぜ!!」

「………………鬼畜の所業……!! 鬼共の宴……!!」

「……………サクラ様が可愛い――可哀想です!!」

ほら、皆怒ってる。ぷんぷんですよ。

これはもはや戦いは避けられません。

これより先は全面戦争。戦いの火蓋は切って落とされたのです。

数の面では大きく負けてはいますが、屋敷各所に（無許可で）設置した、隠し扉に隠し階段に回転扉に落とし穴などの各種罠を利用すれば地の利はこちらにあり。

あとは天運さえこちらを裏切らなければ十分に戦えます。

もう後戻りはできない。自由を勝ち取るのです！

私は！　絶対に！　王太子殿下の！　誕生日パーティーになんて！　行かない！

「……今日はくしくも王国の独立記念日。これも何かの運命でしょう。私はこの程度の逆境に負けはしない。私は戦わずして屈服などしない。私は自由のために戦うことをやめない。何人にも断ち切れぬ鋼の矜持を胸に!! 私が私として存在する権利を守るために!! 私は生き残り主張し続ける!! 絶望なんて誰がしてやるものか。やまない雨が無いように、明けない夜が無いように、希望の光がいつか射すその日まで!! 私はここに、永遠の奮戦と勝利を誓う!! そして邪悪なる兄上の魔の手から解放された暁には、本日六月四日は王国の祝日であるだけではなくなる。小さな私の大きな一歩、この手で摑む暁の栄光、私の独立記念日になるのです!!」

インディペンデンス・デーイ!!

「お嬢様、大変申し上げ難いのですが……王国の独立記念日は来月です」

「あと今日は三日です」

「…………」

え、うそ? あ、ほんとだ……。は、恥ずかしい……。

そんな、すごく格好つけたのに、すごください感じに……あ、目から涙が……。

「…………ぐすっ」

「…………(かわいい)」

「…………(かわいい)」

「…………(守護《まも》らねば)」

「…………(他の侍女に渡してなるものか)」

なんだかんだ団結した。

なんだかんだ団結したのでリー・クーロンは出撃している。

本来ならとっくに灯りも消えて静まり返っているはずの屋敷は全開に明るく騒がしい。

侍女の掟である「廊下は走るな」の禁も今夜はその効力を失くしている。

誰もが主を探し慌ただしく走り回っていた。

数で大きく負けている以上、籠城は愚策。主の居場所を知られぬよう四人で派手に逃げ回り相手を攪乱、設置された罠を使って少しずつ数を減らしていく。

「見つけたわ！　リーよ！　捕まえなさい！」

「くっ！」

「一人でかからないで！　数で圧し潰すのです！」

『イエスマム！』

しかし、古株の侍女長に指揮された使用人たちは士気が高く統制が取れており、非戦闘員といえども侮ることはできない。

特に厄介なのは怪我などで屋敷猫を引退した侍女や、逆に訓練は受けたが屋敷猫の基準に届くことができなかった侍女。たとえ身体能力で勝ろうとも、彼女らの経験や技術は脅威です。

「さあ、追い詰めたわよリー!!」

にじり寄る同僚たち。十数名に前後を挟まれました。

目をぎらつかせた彼女らを一人で相手にするのはいくらなんでも骨が折れます。

というかまあ、生還自体厳しいですね。

「そろそろ観念したらどうかしら？　この数から逃げられるとでも思って？」

余裕たっぷりな表情で告げられる降伏勧告。客観的に見れば戦況は決したようなものですから間違ってはいないのですが、そのようなもの、私が受け入れるはずがない。

「逆に聞きますが、私が降伏などするとでも？」

「……しないでしょうね。私があなたでもそうする。でもそれだとあなたを力ずくで排除するしかなくってよ？」

「ザッツザット。元よりそのつもりですよ」

「……ならば、どうか恨んでくださいますな。これも勅命ゆえ」

「言いわけですね。お嬢様に嫌われても知りませんよ？」

「盲目な信仰を忠誠とは呼ばない。時には無礼を承知でお諫めしてこそ真の忠臣の在り方」

「それこそ見解の相違です。屋敷猫の判断基準は偏にお嬢様の笑顔。主の笑顔を消すことを目的とした忠誠なぞどうか早急に溝にでもお捨てください。それと、素直に私欲に負けたと言った方がまだ可愛げがありますよ、トレーター」

「……吐いた唾は飲み込めませんわよ？」

「どうぞ、ご随意に」

「だいたいリーさんはずるいんですよ!!　いーっつもシフトを屋敷猫ばっかで回しちゃって!!　私

だってお嬢様のお世話たくさんしたいのにぃぃぃぃ!!」

「なにかあなただけちょっと違いませんか？」

あれ、いま少しシリアスな雰囲気だったような気がしたのですが気のせいでしょうか。

……まあ、いいでしょう。最早言葉は不要です。

シフトが欲しければ、私を倒してからにしてもらいましょう。

「カモン。屋敷猫の、屋敷猫たる所以《ゆえん》をお教えしましょう」

「〜〜〜っ!?　恐れることはありません！　数で圧し潰しなさい!!」

一斉に侍女たちが飛び掛かってきます。それが正解でしょう、私にそれを一人で振り払うような技量はありません。

「リーさん覚悟!!」

ええ、一人なら。

「クロエ！」

「い、いまっ……!!」

合図と同時に跳躍する。

瞬間、屋敷の廊下の一部が消えた。

――トラップ発動「硫酸の溜まっていた落とし穴」である。

危険なので現在は山芋をすりおろしたのが入っているとクロエが言っていました。

『は？』

侍女たちの声がハモる。まあ、でしょうね。

「グッナイ。良い夢を」

壁を蹴り、ギリギリで床へと受け身を取りながら着地する。

『きゃあああああああああああ!?』

『なんでよおおおおおおおお!?』

『くぁwせdrftgyふじこlp!?』

背後では落とし穴に落ちた同僚たちが大変悲しいことになっていた。見るも無残、聞くも無残。

お嬢様の教育に悪いのでクロエはレバーを引いて蓋をすることにしたらしい。さらっと酷い。

終わったら助けますので、ごめんなさい。いやほんと。

クロエがやったんです、私じゃないです。

うん。

「ナイスです、クロエ」

「う、うん」

二人でハイタッチ。とりあえずナイス連携です。

これでかなりの数を減らせた。先ほど無理やりに近い形で巻き込んだトーマスくんも頑張って男衆を斬り捨てているところでしょう。

彼についてはハンスさんやウィリアム様でも出てこない限り心配いらない。

問題は――

「お見事ですね」

反射的にナイフを投げつける。

しかし、声の主はいとも簡単にそれを二本の指で挟んで受け止めた。

「迷いがなくて大変結構。しかし如何《いかん》せん速さが足りない」

――アブソルート侯爵家執事長ルドルフ・シュタイナーに出遭ってしまった時だ。

いつもの穏やかな笑みを浮かべる執事長が現れた方向にはカレンとレオーネがいたはず。

「執事長、カレンとレオーネがどこに行ったか知っていますか？」

「……………少々やんちゃが過ぎていましたので、眠ってもらいました」

きらりと光る片眼鏡。歴戦の老執事はどうということもないと、軽く言う。

「クロエ、行ってください」

「……………うん」

それだけ言って、私はその場に留まりクロエは脱兎の如く走り去る。

いち早く主にルドルフ・シュタイナーの登場とその位置を知らせる必要があった。正面戦闘の苦手なクロエでは時間を稼げない。だからこれが最善手。

「良い判断です。優先するべきはなんなのかちゃんとわかっていますね」

「……それはどうも」

教え子を褒める教師のような温かい声も、場合が場合なら薄ら寒く聞こえてしまうらしい。

対峙しているだけで背筋が冷えて仕方がない。

だが、執事長は走り去るクロエをにこやかに見つめるだけで動こうとはしなかった。

「追わないのですか？」

「弟子の実力を知る良い機会ですから、じっくりと追い詰めてみようと思いまして。すぐにチェックメイトではつまらないでしょう？」

「……ゲーム感覚ですか」

「ゲームを本気でプレイしてはいけないというルールもないでしょう。いやしかし、なんだか昔を思い出しますね。ふふっ……懐かしい」

執事長は悠然と拳を構える。その姿に、五年前に主と共に何度も転がされた頃の記憶を幻視する。

あれは、痛かった。思い出すだけで冷や汗が零《こぼ》れるし、呼吸は乱れてしまう。

「……精々、粘らせていただきます」

「それは楽しみです。……しかし、ハンスよりは先に通らせてもらいますよ」

一方その頃、リー・クーロンとは逆方向。

隠し部屋に通ずる廊下で道を遮るように陣取り、執事や庭師や料理人にどこからやってきたのか騎士などと斬った張ったの大立ち回りを演じていたところ。

そこへ、廊下を踏み鳴らしながら豪快に歩み進む男が一人。

「トーマス。俺の前に立ったということは、死ぬ覚悟はできているのだろうな?」

「こ、ここっ、こここっ、こんなの聞いてないっ!!」

最強の上司と対峙させられていた。

閑話・四天王会議2

さて、騎士と侍女が決死の戦いに挑んでいる間に、突然だがその裏で起こっているでき事について少し時間を巻き戻してから見ていこう。

そこはなんかこう、良い感じに怪しさの漂うグレイゴーストのアジトでのこと。

二本の蠟燭だけが照らす薄暗い石室。その中心に鎮座する円卓に、鼠色の肌をした線の細い女、小柄なフードの人物、ガルブレイスと書かれた紙の貼られたよくわからない人形の三人（？）が、それぞれの席に座っている。

彼らの視線の先には一つの空席があった。それは四天王の一人「炎のシュナイダー」の椅子。

シュナイダーは仕事で王国に出向いて以来、消息を絶っている。

以前に「風のガルブレイス」が請け負い、そして失敗した任務を彼が引き継いでから数日でだ。

おそらくはもう、手遅れだろう。

「シュナイダーがやられたようだな……」

「奴は四天王最強……」

「おうこくのさるどもにやられるとはぐれいごーすとのつらよごしよ……」

「「…………」」

静寂が訪れる。もしくは沈黙か。正確には気まずさゆえの疑問。

「いや、人数足りないからってさすがに人形と腹話術は無理があるでしょ」

「でも四天王がやられたらこれやれってマニュアルに……」

「マニュアルあるの!?」

鼠色の肌の女――「雲のフー」は叫ぶ。

それに対しフードの人物――「海のリキッド」は苦々しそうに頷いた。

「なにそのピンポイント過ぎるマニュアル!? 誰よそんなモノ作った馬鹿は!!」

欠員が出た際のマニュアルが事後策・対応策を練るのではなく、くだらない茶番とは。

馬鹿がノリで作ったとしか思えない。

「ボスだよ」

間。

「ユーモアに溢れたとても素敵なマニュアルね。戦場で渇いた人間性を冷たく潤してくれる、まるでオアシスのようだわ」

「……その切り替えの早さ、僕は美徳だと思うよ」

「ありがとう、私もそう思うわ」

背後を気にしながらフーは言う。

グレイゴーストのボス。謎の多いその人物について四天王の一人であるフーとてそう多くを知っているわけではない。

だが少なくとも一つ断言できるのはあの男は正真正銘人間のクズということ。これは暗殺者という職業は一切関係なく、ただシンプルに素の性格がゲロ以下なのである。

今も振り返ればそこにいて、不気味に笑っていそうですごく怖い。

「……仕事の話をしましょうか!!」

露骨なまでの話の切り替え。だがそれも仕方のないことだろう。

だって怖いもん。

「ああ、その仕事の件だけど、正直物理的に駒不足だからって三傑の方々が仕事を代わってくれるらしいよ」

「あらそうなの？　珍しいこともあるのね」

リキッドの言葉にフーは目を瞬かせる。

四天王はグレイゴーストの中では現場最高指揮官的立場で働いており、四天王以上の幹部は余程のことがない限り実戦には出てこない。

実力があるのだから働け穀潰しと苦々しく思ったことは一度や二度ではないし、これが余程の事態でなければなんなのだと憤慨したことも数知れずだ。

「その代わりケジメはつけろとのことで……王国の仕事はそのまま……」

「うぇ……」

旧態依然の古い考えにはうんざりだとフーは呻く。

こちらは既に任務遂行数一位のガルブレイスと武闘派で随一の生還力を誇るシュナイダーがやられている。少し考えれば四天王レベルでは難しいというのはわかりきっていることだろう。

弱気や臆病と謗られるかもしれないが、そんなのは構わない。

何よりも優先されるのはまず自分の命。

フーの目標はアーリーリタイアである。さっさと大金を稼いでグレイゴーストを退職、物価の安い適当な辺境の街で悠々自適なスローライフを送ることこそ人生の指針。

謂わばキャリアウーマン。お金大事。でも命のが大事。ゆえにこそ。

「私は行きたくない」

「そりゃ僕もだ」

アブソルート侯爵家にはどうあっても行きたくなかった。

「「…………」」

まず間違いなく議論するだけ無駄。

それはそこそこの長い付き合い、お互いわかっている。

お互いにガッと手を握り合い、そして頷く。

「「一緒にやろう」」

最初からそうすれば良かったというのは考えない。シュナイダーなら大丈夫だろうと思ったのが間違いだったのだろう。

ガルブレイスがやられた時点で本気になるべきだった。

ガルブレイスならまあいいか、とか思ってしまった自分をフーは殴りたかった。

ソーリーガルちゃん、グッバイガルちゃん、フォーエバーガルちゃん。

嫌いではなかった。うざかったけど。

「でもどうしようか。当たり前だけど、あの屋敷には化け物がいる」

「あぁ……あれね……」

その名前を聞くだけでげんなりとするあの二人。

聞きたくないし、会いたくない。

嵐のハンスに柳のルドルフ。王国最強、あの二人がいるだけでどんなあばら小屋でも王城に匹敵する要塞と化す。

それこそボスぐらいでないと相手にならない。屋敷をうろつくネズミが一匹から二匹になったところであれらからしたら微々たる差としか言えないだろう。

「ガルブレイスもシュナイダーも、あの二人にやられたんでしょうね……」

「そう、あれらを相手にしないことは大前提だ。そういった意味では外部からの強襲型の暗殺はほぼ不可能と考えていいと思う。だけど内部から突き崩すには、綿密な計画を立てたうえで針の穴を通すような繊細さが求められる」

だがそれを作るにはあまりにも情報が足りないと、リキッドは言う。

あけっぴろげな当主の雰囲気に反してあの屋敷の情報セキュリティは異様に頑丈だとも。

「わかりました。良いわ、私が潜入して調べます」

最低限、あの二人のいない時間帯を調べる必要がある。

それのためには少しぐらい体を張る必要があるだろう。

「いいのかい？　あの屋敷に送り込んだ者は誰一人帰ってきていないんだ、慎重に行動するべきじゃないかな」

「虎穴に入らずんば虎子を得ずってね。慎重はグダグダやるって意味じゃないわよ？　大丈夫、冒険したりはしないわ」

「……わかった。でも、どうか死なないでおくれよ、ひとりぼっちは寂しいからね」

少しだけ目を瞑ってからリキッドは絞り出した。

「任せてよ、逃げ足には自信があるんだから」

笑顔で胸を叩く。それを見た不安そうな顔が小さく笑う。

そうして打ち合わせの後、二人は和やかに別れた。

敵の力量は知っている、自分の至らなさも理解している。

でも二人なら、勝算はある。

不安はあるけど、迷いはない。


そして、潜入作戦開始から二週間後。

「なんでよぉおおおおおおおおおおおおお!?」

雲のフーは叫ぶ。どうしてこんなことになったのかと。


侍女を装って潜入したまでは、良かった。

権限も裁量もまだ無いが、それなりに自由に仕事ができている。

帝国では差別の対象である鼠色の肌も、ここでは違った。帝国で暮らしていた時暗殺者になる前は肌の色を理由にまともな職になんて就けなかったのに。

ここでは誰も差別はしなかった。むしろ「大変だったでしょう」と、労いつつも深くは踏み込まない使用人たちの距離感が心地好く、厳しくはあるが決して理不尽ではない上司の下での仕事は不覚にもやりがいを感じてしまったほど。

その上司に、一週間経った時にご褒美としてケーキを焼いてもらった時は正直、泣いた。

給金だってこの国の平均と比べるとかなり高く、休日も多い。完全週休二日制って良い言葉。

残業は少しあるけれど残業代はきっちり。

なにより命の危険がない。

あまりにも、あまりにもホワイト過ぎる環境。

名前はグレイのくせに中身はくそブラックなどこかとは大違い。

帰りたくないなー、と思ってしまうのも仕方のないことだろう。ぶっちゃけ七割ほどこのまま任務を放棄して侍女として真っ当に働くという方向に傾いていたのは内緒だ。

一応、ハンスとルドルフのタイムスケジュールの把握も、ちゃんと進めてはいたけれど。
だが事の始まりはアブソルート侯爵家長男ジョー・アブソルート（イケメンだった）の帰還から。
唐突に始まった兄妹喧嘩。それが発展してノリと勢いで開催されたかくれんぼ大会。
普段と様子の違う同僚に戸惑いながらもそのイベントに巻き込まれたフーはいま。

山芋風呂の中にいた。

わけも、わからぬまま。

「かゆいいいいいいいいいいいいい!?」

無駄に壮絶な特に意味の無い戦い

場面を戻る。

それから長くはない時間が過ぎて、戦いは決着を迎えようとしていた。

圧倒的なまでの力を持つ、老兵の勝利を以てして。


――まあ、最初からわかってはいた。

矢尽き剣折れ仲間は倒れ、足は震えて立つのもやっと。息は荒く、肩は忙しなく上下している。頬を流れる汗を拭う余裕も気力もなく、全身の痛みに意識を向けて気を保つ努力もいつまで続けられるものか。

そう長く戦っていないはずなのに、限界が近かった。

「もう、いいでしょう。そこを退きなさい、リー」

執事長が諭すように言った。

「あなたの努力と才能は認めます。しかし惜しむらくは時が足りていない。この老骨も伊達に五十年とは生きていませんからね。まだまだ未熟な雛鳥に勝ちをくれてやるほど、私の人生はそう安くはない」

泰然自若柳の如くと称された英傑・ルドルフ・シュタイナー。

身体能力の衰えを理由に一線を退いているが、その技術の錬磨は止まることを知らない。

王国最強との呼び声高いハンス侯爵家騎士団長と同時期に活躍し、王国武術大会では十五年連続準優勝という怪記録を保持。

戦闘スタイルは閉所での対テロ集団の制圧を目的とした零距離格闘術。数多の不埒者を退治してきた黄金の拳。

真の、ステゴロ最強。

武器も持たない老人がこれほど恐ろしいとは夢にも思わなかった。

ほんの瞬きの間に距離を詰められる映像が脳裏から離れない。

「あなたはよく戦った、敗北も良い経験になったでしょう。大怪我をしないうちに降参することをお勧めしますよ」

労う言葉と共に発せられたその宣告には真剣に私を心配する意図が確かに感じられた。

戦闘中もそうだった。明らかに手加減をされ、悪癖を指摘され、まるで指南でもするかのような戦い方は、極力相手に怪我をさせまいとしたものだった。

現に体は痛むが、ここで終われば数日もすれば消える痛みだろう。

ああ、そうでしょうとも。

もとより、勝負にすらなっていなかったのだから。

「はっ」

自然と、笑い声が漏れた。

もう一度言おう、最初からわかっていた。

だが、それがなんだと言うのだろう。

彼我の戦力差など承知の上で挑んでいる、いまさら言われるまでもない。

「……執事長も老いには勝てないようですね」

「はて、なんのことでしょう？」

ほんの少しだけ零れた怒気に、身が竦みそうになりながらも続ける。

「最近物忘れが激しくなってきたご様子。記憶力の向上には茸と鮭が良いらしいですよ？」

挑発するように言った。

相手が誰かなんて関係ない。大切なのは自分の信念を貫けるかどうか。

「私が何を忘れていると言うのですか、リー」

「本当にわからないのですか？」

最後の一本になったナイフを構える。

為すべきことはただ一つ、単純だ。

我が主がため、その身を捧げることのみ。

「アブソルート侯爵家には主を背にして道を譲る者など、ただの一人もおりませんので……！」

だってそれは、あなたが最初に私に教えてくれたこと。

老師は一度ぽかんと目を瞬かせると、呆れたように息を吐く。

そして困ったように苦笑した。

「褒めるべきか諭すべきか、迷ってしまいますね」


然して同時刻、逆方向。

同じく二人の人間が対峙していた。

だが執事と侍女の静謐な戦いと違い、此の地の戦場は苛烈を極めていた。

敗北する少年の名は、トーマス・パットンという。


ヒューヒューと、口から音が漏れ出ている。呼吸が上手くできない。

——まあ、だろうなと、誰もが思うことだろう。

剣は毀《こぼ》れ、兜は割れ、鎧は砕け、盾はその役目を終えている。

ふらつく体で左膝を突き、右手の剣を支えにしながらなんとか倒れまいともがく。

だけど、左腕はだらりと力なく垂れ下がり指先はピクリとも動かない。

左足にも同じような兆候が表れ始めている。

額からは血が滴り落ちて左目の視力を奪い、腫れあがった右目は涙に溢れてぼやけた視界しか与えてはくれない。

口に出すのも憚《はばか》られるほどに、僕は死に体だった。

「弱いなぁ……僕は……」

意図せず呟いてしまい、項垂れる。

最年少騎士だのアブソルートの麒麟児だの剣の天才だのと皆から持て囃されていても、結局はこれが現実だった。

弱者。それがこの屋敷での僕の立ち位置。

天才であることは自分でも否定はしない。そこまで謙虚でも卑屈でもない。

その称号に自惚《うぬぼ》れた時代もあったが、そんなものはアブソルート侯爵家騎士団に入ってから間もなく恥ずかしさに変わった。

天才は最強や常勝という意味でなければ、ましてや稀少ですらなかった。

自分を囃し立てる言葉にはいつだって「その歳にしては」という枕詞が付いてくる。

一歩、子供という枠から外れれば、自分はすぐさま凡百に成り果てるのだ。

「大口を叩いた割にはあっけなかったな」

退屈そうな目でそう吐き捨てる金髪の老騎士。

未だ、健在。

「つまらんな、この程度で天才と持て囃されるならこの世に凡人なぞおらんだろうに。……だから老いぼれ一人追い落とすこともできんのだ」

（いつもは老人扱いすると怒るくせに……）

目の前の老騎士こそアブソルート侯爵家の切り札。

齢五十を超えながらも王国最強。王国武術大会において二十年連続優勝を成し遂げ、殿堂入りという名の出禁をくらった生きる伝説。

抜山蓋世《ばつざんがいせい》嵐の如く、十三段崩しのハンス騎士団長。

「もういい……そこを退《ど》け。時間の無駄だ、期待した俺が愚かだった」

あからさまに不機嫌だと言わんばかりの表情。

ああ、一応期待してくれてたんだなとちょっと驚いたり、自分の不甲斐なさがちょっと申しわけなくなったり、いやあなたのハードルが高すぎるんだオゾンより高いぞって怒ったり、不安定な意識でふと思う。

——剣を杖代わりに立ち上がる。

左足の感覚が希薄だ。現状、ただ繋がっているに過ぎない。

右足に体重を掛けながら重心を安定させてから、剣をゆっくりと持ち上げて剣先を真っ直ぐと、王国最強に対して向ける。

「……なんのつもりだ」

「僕はもう自分が天才かどうかなんてどうでもいいんです。僕は騎士だ。それ以上でも、それ以下でもない」

「その騎士のお前は騎士団長である俺に刃を向けているわけだが……」

「別に騎士の忠誠が向かうのは騎士団ではないでしょう。全ては敬愛する主がため、美しき女性のための献身こそ、騎士の本懐」

唐突に巻き込まれた末の予期せぬ事態ではあるけれど、僕だって軽い気持ちで騎士団長に刃を向けたわけではない。

嵐の前に立った人間がどうなるかなんて、子供にだってわかることだ。

「僕……いや私は、あの方の騎士なれば。ここより先は何人たりとも通すわけにはいかない」

自分はお嬢様の護衛騎士としてなんの役にも立っていない。

実力が足りない、経験が足りない、言いわけしようもないほどに分不相応。

だからこそ――

「騎士としてのあり方だけは、絶対に譲れないんです……！」

――心でも負けてしまっては、なんの意味もない！

「……本気か」

「当然」

「その心意気は買うがその体で何ができる？　立っているのがやっとだろう。いま倒れたところで、お嬢様もお前を責めることはないと思うが」

「私が責めます、誰よりも。この期に及んでそのような無能であるのなら、私が私を殺します」

「死ぬぞ……？」

「元より全て覚悟の上」

「トーマ――」

「僭越ながら騎士団長」

なおも言い募ろうとする騎士団長の言葉を遮る。普段なら懲罰ものだ。

でも、これはできるできないの話ではない。

自分が此処に立つのは褒められたいからでも、怒られたくないからでもない。

ただ一人、主が幸福のために。

不惜身命《ふしゃくしんみょう》、不退転。

通りたければ押し通れ。

然らば命は置いていけ。

遺書は書いたか祈りは済んだか。

「御託はいいから掛かってこいや……」

ともすれば、傍目に見てその台詞はあまりにも滑稽だっただろう。

しかしその時、最強の顔はたいそう楽しそうに歪んだ。

「その意気や、良し」

嵐が、来る。

――そんな闘いの風景を見ながらワシは思うわけですよ。

「なぁにぃこれぇ？」

――ってね。

「……すみません」

傍らの長男坊は気まずそうに目を逸らしながら謝罪する。

なんだろうねこれ。どうしてこんなことになったんだろうねこれ。

夜の森の清涼さはどこへやら、屋敷は死屍累々《ししるいるい》の散々たる有り様。

眼前で繰り広げられる騒動はその取るに足らない動機の割にはあまりにも熱過ぎる。

もしかしてこれ兄妹喧嘩に見せかけた家督争いだったりする？

駄目よ、ワシまだバリバリ現役だからね。

「誕生日パーティーに行く行かないだけでここまでごたつく家も珍しいと思う」

「……本当に、すみません」

まあ正直ジョーだけの責任ではないけれど、正直サクラの愉快な仲間たちを甘く見ていたようだね。基本的に彼女らはサクラに命とか救われてるからやることなすこと全肯定の忠誠度ＭＡＸよ。

「だからって命まで捨てますか普通……」

いやまあハンスもルドルフも当然加減は知っているわけだけどもすごいよね。

活劇のクライマックスみたいで格好良かった。

「しかしここまで捕まらないとなるとなぁ……」

実に屋敷の七割の人間が行動不能状態に陥ってしまっている。

軍隊なら壊滅。

「どうすんだろう、これ……」

未だ、サクラ捕まらず。

お屋敷動乱してネズミ一匹

それは激闘か蹂躙《じゅうりん》か。

見る者によっては感想の変わるだろう戦いを終えて、二人の老師が各々歩みを進める。

先に目的地であるとある隠し部屋の前に立ったのはルドルフ・シュタイナーの方だった。


――中々、腰にくるものがありますねぇ。

リーとの戦闘を終えて、壁に擬態させて隠された扉の前に立つ。

すぐに突入しても良いが、そう容易く捕まえられるようなお人ではない。縦横無尽に屋敷を駆け回られてしまったら老いぼれの骨が折れてしまう。

ということで、先ほどからする荒々しい足音の主を待つことにした。

「今回は、私の勝ちのようですね」

「……くそ、酒は勝手に部屋から持って行け」

「ええ、そうします。……しかしハンス、負けた割には機嫌の良さそうな顔をしていますね、何か良いことでもありましたか？」

「む」

すぐさま不機嫌な顔へと変化する。面倒くさい性格だ。

プライドが高くて素直じゃない。

お祭りに誘われて嬉しいくせに素っ気ない振りをする。人を見下しておきながらその可能性に期待する。期待も心配も一々言葉が迂遠《うえん》で伝わりにくい。

だからその歳で独身なのだ、という言葉はさすがに心に仕舞っておく。

まあ見ていて愉快なので良いのですが。

「たかだか侍女相手にえらく苦戦したようだな？」

意地の悪い顔でそう言ってくるハンス。確かに気づけば髪や服装が多少乱れていた。

これは迂闊。

「ええ、皆優秀で大変結構。特にリーは五年後に期待ですね」

整えながらしみじみと言う。

だがこちらは別に面倒な性格はしていないので、部下たちの成長に喜びはしても口惜しいという気持ちは湧いてこない。

「はっ、俺から見ればまだまだ——」

「左腕から血が垂れていますよ。よほどの強敵と戦われていたようですね」

「…………」

しかし、仕返しは忘れない。

隠してはいるのだがバレバレだった。これまでの人生で滅多に怪我なんてしてこなかったからか、消毒も包帯の巻き方もかなり雑。

最強というやつは思わぬところに欠点があるものだったりする。

「ちっ、たまたまだ。たまたま……!!」

「ほっほっほっ……アブソルート家の未来は明るいようですね」

「ふんっ……俺たちを超えられるとは思わんがな」

「それは、そうですな」

先ほどリーにも言ったけれど「努力する天才」程度が超えられるような安い人生は送っていない。

その自負がある。

「……お前も意外とプライド高いよな」

「事実を言ったまでです」

ハンスと一緒にされるのは心外ですね。客観的事実というやつですとも。

「……ではそろそろ行きますか」

無駄話もそこそこに、壁にある小さなくぼみに手を掛けて、横にスライドさせる。

開かれた先にある空間は本当に只の空間で、だからこそ、ここにはもう誰もいないということが一目でわかる。

「やはり、いませんか」

まあそうでなくては彼らの努力が報われない。しかしどこにどう向かったことやら。

明日も早い、ここからまた一からのかくれんぼはどうしても時間が掛かりすぎる。

ああ、それに加えて。

「ハンス、一つ頼みがあるのですが」

「なんだ?」

「先の戦闘で腰をやったので後は任せてもよろしいですか?」

そろそろ限界。若者の底力も侮れませんね。

「……老いたな」

「それはあなたもでしょう」


ちょっと前。

クロエの報告を受けた私は部屋を抜け出して隠し通路の中にいた。

ハンスとルドルフはずるい。チートだもの。

生粋のバランスブレイカー、家族内の喧嘩ではあの二人は使わないって暗黙の了解があったはずなのに、兄上は卑怯。

一応私なら戦ってもそれなりに耐えられる。スピードなら私の方が上ですし、その場から逃走するだけなら可能。でも数の優位を活かしながら真綿で首を締めるように追い詰められてしまえばそれも難しい。

喧嘩は屋敷内でのみ、というのも我が家のルールですし。

「むぅ……」

カレンとレオーネは捕まって、リーは戻ってこない。クロエもまた出撃してしまった。

ひとりぼっちである。悲しい。

灯りの無い細道を記憶だけを頼りに進みながら一抹の寂しさを覚える私なのでした。

しかしどこへ行けばいいのでしょう。屋敷にルドルフが把握していない場所など幾つありましょうか。罠だって見てから反応できるんですよあの二人、意味わかんない。

「私はただ……王太子殿下の誕生日パーティーに行きたくなかっただけなのに……」

下町のサナちゃん（九才）の誕生日パーティーなら喜んで行くのに、どうしてこんなことになったんだろう。

行かなくたって死なないでしょうにね。

どうせ私一人行かなくたってバレませんよ。気配遮断は得意です。

「あ、閃いた！」

ハンスもルドルフも手の届かない場所。

見つかる可能性は高まるけれどあの二人を相手にするよりはいくらかマシだ。

「お風呂に行きましょう！」

同じ頃。雲のフー改めフリュー。


なんで侯爵家の屋敷に落とし穴があるのよ!!

馬鹿じゃないかしら!?

しかも山芋風呂って！　かゆい！　陰湿！　罪ありき！

この規模の山芋とろろってどんだけよ、作ったやつ絶対に暇人根暗性悪の三拍子揃った性格ブスね、友達にしたくないタイプ。

本当に最悪。

とはいえ落とし穴自体を抜け出すのは容易だった。そりゃあ訓練を受けていない普通の侍女には難しいでしょうけど、私のようなプロを閉じ込めるには力不足。

多少の時間稼ぎにはなるけど、嫌がらせ以上の意味はない。

そして私が他の悶絶している侍女を尻目に落とし穴を抜け出して向かった先はお風呂。

屋敷の探索とかお嬢様の捜索とかちょっとした裏工作とか、騒ぎに乗じてこっそりやってしまおうかと思っていたけどまずお風呂。

山芋は、無理。

お風呂へ向かうスピードは私史上最速だったと思う。

アブソルート家のお風呂は掃除の時間を除き使用人なら誰でもいつでも利用可能。こういうとこ良いわよね。近くにはジムもあるの。優秀。住みたい。住んでた。帰りたくない。

脱衣所には誰もいなかった。他の使用人たちはまだ捕獲作戦に従事しているのだろう。

「風呂入ってる場合じゃねぇ！」ってやつなんでしょうね。

正直この勢いでどさくさに紛れて侯爵を暗殺できないかなと思ったけれど、ルドルフ・シュタイナーが今日は屋敷にいるので断念。

そうでなくとも鬼才と名高いジョー・アブソルートが詰めているので諦めた。

ガルブレイスやシュナイダーと同じ轍を踏むわけにはいかない。

というかお風呂入りたい。なにはともあれお風呂。いいからお風呂だ。

「今日はゆっくり入れそうね……」

普段は入れ替わり立ち替わり人の動きが忙しないが、今は実質貸し切り状態なのでゆっくり落ち着いて入れそう。ちょっと嬉しい。

風呂上がりにはコーヒー牛乳を飲んで寝よう、そうしよう。

今日の私は頑張った。慣れない仕事を頑張った。それでいいじゃないか。

そんな疲れた頭で浴室の扉を開けたら。

「あ」

「え？」

なんか降ってきた。

浴室の高い天井、その換気口から小柄な黒い影がくるっと回って一回転、両足と片手で綺麗な三点着地を見せる。こう、シュタッ！　って感じで。絶対それ膝に悪い。

うんでもカッコイイって重要よね、私もたまにやる。痛いけど。

そして後で後悔しながら仕事するの。

……いやいや、今はそういう話じゃない。え、なに、同業者？　なんでお風呂に？

なんだかすごい「やっべぇ……」って目をしている。

少なくとも私と同じような外部の人間かしら。

いえ、違う……。見たことがある、面接のときに執事長の隣にいた少女だ。

あれ、そういえば自己紹介されてなかったし、さも当然のようにそこにいるのでなんであの場にいたかも知らない。

あれ？　もしかして状況証拠から推測するに……お嬢様？

え、これが？　嘘でしょ？　スーパーヒーロー着地するようなお嬢様なんているわけないじゃん。

どこが箱入りよ、ふざけるのも大概にしなさいよ。

「「…………」」

睨み合う。片や全裸の山芋女、片や全身黒ずくめのちびっこ。異様。

これは、どうするべきかしら？

みんなに報告？　見逃す？　それとも捕まえる？　一応優先順位はかなり低いが標的の一人だ、

殺したり人質にしたりする選択肢が無いわけでもない。

でもここで殺してもその後の作戦遂行が困難になるだけ。

人質にしてもルドルフ・シュタイナー相手ではどうにかなる未来が見えない。

うん、ここは大人しくしましょう。

私はしがない侍女Fです。それ以上でもそれ以下でもない。

怖くないよー。


来ました。

無駄に広い我が家の大浴場。だいたいの時間湯が沸いていますので夜勤の人も安心です。

そんな湯気たっぷりの空間。この騒ぎにこの時間帯、たぶん誰もいないだろうと思ってニンジャっぽくスタイリッシュに舞い降りた瞬間のことでした。

「え？」

「あ」

いました。

遭遇！　サクラ、遭遇……！　スニーキングミッション失敗！　ニンジャ失格……!!

くそう、お風呂で時間が稼げると思ったのになんたる不運。

しかも探しに来たのではなく普通に入浴しに来た侍女。間が、悪い。

そりゃあルドルフだろうがハンスだろうが、ちゃんと許可取って誰もいないこと確認したなら女風呂にだって入ってきますよ。

「「…………」」

睨み合う。目の前の侍女は困惑の表情を浮かべていた。どうすればいいかわからないといった風。

願わくばそのまま見なかったことにしていただきたい。

しかし目の前の鼠色の肌をした侍女……名前なんでしたっけ、確かフーだのプーだのクリストファー・ロビンだのと言った気がしますが……。

あ、そうそうフリューです、フリュー。ゲルゲルしてそうな名前ですね。

いやしかしフリューですか。まだほとんど話したことないんですよね。

これがまだ仲の良い侍女だったら交渉で丸め込むこともできたかも——いや無理か、無理ですね。

さっき見たけど全員目が怖かったし。

そう考えると見つかったのがフリューで良かったですね。

雇い主特権を振りかざすのはあまりよろしくありませんが致し方ありません。

資本主義の前に屈していただく。

「ビークワイエット。フリュー、見なかったことにしてください」

断ると言うのならあなたがいなかったことにするのもやぶさかではないです。

「え、ええ、わかりました……」

「ありがとうございますフリュー！」

なんて良い子なんでしょう！　あとでマーマレード分けてあげる！

私は感極まって彼女の手を取ろうと近づくと――

「山芋くさっ⁉」

山芋くさかった。よく見たら、いやよく見ないでもフリューの体の至る所が白い液体でべっとりと汚れていた。きっしょ。

「……」

フリューがすごい悲しそうな顔をしていた。

申しわけない、女性に対して言ってよい言葉ではなかった。ごめんね。

「えっと……なんで？」

「あの、落とし穴に落ちたら……その……」

「……ああ！」

この屋敷には私が（内緒で）作った古今東西様々な罠がたくさんある。

落とし穴はその中で最もチープでポピュラーな罠です。

しかし、ただ落とすのは面白くない。剣山とか蛇とか虫とかいろいろ試行錯誤したものです。

「硫酸から山芋に替えたってクロエが言ってましたね」

「え」

そうそうそうだった。

あれは硫酸の溜まった落とし穴だったのだが、ルドルフに止められたのだ。

「アブソルート家への侵入者にとって死は救済である——」とかなんとか言っていたけれど難しくてよくわかんなかった。

まあ逆らう理由もなかったので皆と相談していたらクロエが任せてほしいと言って、任せたら山芋を大量に仕入れていたのを思い出した。

別に構わないけれどその分の私のお小遣いが減っていた。ルドルフはケチだ。

「……………」

フリューが固まっていた。

それもそうでしょう、一歩間違えれば死んでいたかもしれないと言われればこの反応も当然だ。

他の侍女は若干慣れてきた感があるが彼女はまだ新入り、面喰らうのも無理はない。

「大丈夫ですよ、侵入者用の罠は至る所にありますが致死性のものはありませんし、何かの軽いはずみでは起動もしませんから。山芋風呂は……ごめんなさい」

できるだけ安心させるような柔らかい口調で言う。

彼女はきっと巻き込まれただけなのだろう。先輩侍女に逆らうこともできず押し切られて流れでそうなったに違いない。

かわいそうに……。

「ソ、ソウナンデスネ……」

あまり効果はなかったようでフリューは引き攣った顔でそう答えた。

むぅ……これぱっかりは慣れてもらうしかないでしょう。

ちなみに屋敷を元に戻す気は一切ない、絡繰り屋敷ってニンジャの浪漫。

意味もなく回転扉とか使ってはニヤニヤしちゃったりする。

「あ、引き留めてすみませんでした。ゆっくりお風呂に浸かってくださいね。なんなら私が背中流しましょうか？」

早く山芋を流したいだろうに申しわけない。

「い、いえ！　そんな恐れ多い……」

「そうですか？　私の侍女のカレンとかは最近では要求してくるぐらいですけど」

「えぇ……」

めっちゃ変な顔された、やっぱりおかしいのかな。

「では私はドロンさせてもらいます。どうかこのことは内密に……」

「は、はいぃ……」

コクコクと首を縦に振るフリュー。これなら信頼できそう。

しかしお風呂が使えないとなるとどこに……トイレ？　狭いから追い詰められると逃げ場がない……いやいやっぱりルドルフとハンス相手は無理ですよね、あの二人気配とか読みますからチートですよ。

お風呂に掃除中の立て看板……すぐばれますね。

山芋風呂に浸かった人とか掃除中でも特攻してきそう。かゆいもん。

「…………？」

ちらりとフリューを見る。

お風呂の外から音はしない。

山芋風呂に落ちたんですよね。落とし穴はその性質上、深さからして普通の侍女が自力で抜け出せるものではないはず。というか騎士でも無理。

助け出されたならなぜ一人でここに？　他の侍女は？　まさか一人を相手にあの規模の罠を発動したってことはないでしょう。

さてさてこれは考え過ぎか。こういうのってなんだかんだまっとうな理由があることって多いですよね。

でもフリューは、要注意リストに入っている。

基本的に、新入りの使用人はほぼ全員最初は要観察リストに入れられる。

要注意リストは証拠があるわけではないが違和感が拭い切れない場合に追加される、最近でいうとメーテルでクロだったが全員がそういうわけではない。

アブソルート侯爵家の採用基準上、後ろ暗い過去を持つ者も少なからずいる。

代表格はハンスだ、あの不良爺の若い頃というのはアブソルート七不思議の一つ、騎士団の間ではハンスの過去を巡って賭けが密かに行われているぐらい。

話を戻してフリューだが、書類上彼女の素姓になんら問題はなく、特に疑問の余地もない至極真っ当な人生を送っていた。

だがそれが不自然。

彼女の鼠色の肌は帝国では差別の対象。王国でもそう親しみのある色ではない。

衣食住にすら障害は多く、普通の人生など普通送れない。

そんな状況で真っ当な暮らしができたというのはとてつもない幸運か、経歴詐称のどちらかだ。

どうしても採用されたかったから、という理由で経歴詐称を行う者も今までもいた。

そうでない理由で行った者も、もちろんいる。

人を疑うのは気持ちの良いことではない。

況《いわん》や鼠色の肌の人間を、だ。

だからといって誰も彼も信じて良いなんて立場に私はいない。

「フリュー」

「？　……はい？」

まだ怪しい動きは見せていない。勘違いならそれが一番良い。

ルドルフが裏を取っている最中なのだからそれを待つべきかもしれない。

疑わしきは罰せず、です。

でも。

「グレイゴーストって、知ってますか？」

「？　……いえ、知りません」

キョトンとした顔のフリュー。

素顔か、演技か、今の私には判断できない。

「ガルブレイスやシュナイダーといった名前に聞き覚えは？」

「あ、ありませんけど……それが……？」

困惑している。そう思わせる表情と声。

もういいだろう、と良心が囁く。

「私が捕まえました」

「――――」

フリューは何も言わなかった。いや、声を出さなかっただけ。

彼女のその唇は何か言葉を紡ごうとして、止まった。

そして、一瞬だけ見開いたその瞳。

雄弁は銀、沈黙は金とはよく言ったもので……あれ、使い方違う？

えーっと、目は口程に物を言うとはよく言ったもので……。

「そ、そうなんですか……？」

何も理解できていないといった風。

彼女は、かなりの演者だ。少なくとも、私はそう思う。

間違っていたら謝ろう。望む物を叶えられる限り与えよう。

だから、今は、眠ってください。

私はノーモーションで軽めの毒を塗った苦無を、フリューに投げる。

普通の侍女なら避《よ》けられない。眠っている間、身元を徹底的に洗わせてもらう。

避けられたなら――

「ちぃっ！」

咄嗟の攻撃にも素早い動きで体を反らし避けるフリュー。

そのまま体をひねってこちらに背を向けると同時に駆け出した。

迷いがない、混乱もしていない。

どうやらクロだったようで安心した。

外れた苦無が獅子の形を模した壁泉に当たる。

そして。

「え？」

――罠が、発動する。

四方から投げかけられた網が、彼女を捕らえる。

「至る所に罠がある、とは言いましたよ」

獅子の壁泉の瞳がトリガーの投網。

いやー造っといて良かった。

「いえい！」

ピースピース!!

フリューは最初こそ色々ともがいていたけれども、全裸なので道具も何も持っていないため網から抜け出せず、数分後には膝を抱えてしくしく泣いていた。

とりあえず山芋を流すためにバシャバシャと桶を使って数度お湯をぶっかける。

フリューはその間、死んだ魚の目、市場へ連れていかれる子牛のような顔をしていたのでちょっと怖かった。

傍から見たら完全にいじめ。

その後は簀巻きにした。

「ふっ……また捕まえてしまいました……自分の才能が恐ろしい……」

今月に入って五人目、これはもう大手柄と言っても差し支えないのでは？

フゥー!!

ただ、それだけ入り込まれているというのは複雑な気分。

フリューのような形ならともかく、頻繁に潜入されるのはちょっとイライラする。

屋敷はそう簡単な構造や警備体制ではないはずなのだけれども。

まあ私とルドルフが屋敷にいる限り万が一の事態は起こり得ない。

「さーて、このことを報告してお館様に褒めてもらわなければ!!」

私はフリューを引きずりながら意気揚々とお風呂の扉を開けた。

「あっ!?」

「あ」

数人の侍女とばったり目が合った。

「いましたぁあああああああああ!!」

「忘れてたぁああああああああああ!!」

そうです私は逃走中の身でした。

ホーリーシット!!

くそぅ、応援を呼ばれてしまいました。このままでは挟み撃ちに。

はっ、閃いた！　私に良い考えがある！

「動かないで！　この娘がどうなってもいいんですか!?」

「え？」

『なっ!?』

フリュー人質作戦。フリューを引っ立ててその首筋にナイフを突き付ける。

まあ刃は潰してあるんですけど。

あとフリューの何言ってんだこいつって目が痛い。

「卑怯ですよお嬢様！」

「え？」

「新入りの娘を人質にするなんて！」

「その娘を離してください！」

「はっはー！　こんな良い人質手放すわけないでしょう！　おらっ！　さっさとそこを退きなさい！」

「くっ……汚い！　さすがお嬢様汚い！」

「ちょっとそれ私の身なりが汚いって言ってるように聞こえるのでやめてくださいよ！」

「だから私たちが綺麗にしてあげますって言ってるんです！」

「え？」

呆けた顔で蚊帳《かや》の外のフリュー。まあそうですよね。

これが我が家のノリです。慣れるまで大変だと思う。

いやねー、馬鹿騒ぎしてる時は冷静に考えちゃ駄目っていう家訓があってですね。楽しいよね。

実際人質とか何の意味もないんですけど、敵だし。でもこう、ノリで。ね？

「お嬢様！　今日という今日は許しませんよ！」

「げぇ！　オリヴィエ！」

むむむ、後方から冗談とノリが通じない侍女長が来ましたか。

しかし時すでに遅し、前方の道は開けた。

「然らばドロン！」

ニンジャ七つ道具の一つ、煙幕玉を三つ地面に叩きつける。

換気が大変だし、騒ぎは大きくなるし、逃げの一手だからあまり好きではないのだけれど、背に腹は代えられない。

「あっまた――」

「けほっ！　こほっ！　げほっ！」

催涙玉じゃないだけ感謝してほしい。

煙幕が廊下に広がるのを待って、クラウチングスタートで前に駆け出す。

「あっ、そこのフリューは帝国の間者だから捕まえておいてください！」

「え、嘘!?」

「ほんと！」

煙に紛れて侍女の包囲を突破するついでに、最低限の報告も忘れない。

逃がしちゃだめだよ。だから追っかけてこないで。

「サクラお嬢様！」

「じゃあねー」

廊下を右に曲がれば突き当りに回転扉がある。そこに入れば中の構造を知っているのは屋敷猫たちだけ（ルドルフは知ってそうだけど）。

時間が稼げる！

このまま
全速力で
突っ切れば

逃げきれ――
あれ
なんか
世界が
ゆっくり
あ、これ
なんか
やば――
――このまま走り抜けると死ぬ!!
膝を曲げ足首を伸ばし、上半身を全力で後ろに反らして体を折りたたむ。
その体勢で勢いのまま膝でスライディング。
すると、目の前を轟音を伴って何かが通過した。何かが。
え、たぶん、鉄の塊。
「神、回、避……!」
あっぶな！　絶対ハンスだ！　見えないけど絶対ハンスだ！
「殺す気ですかハンス!?」
煙の中の大柄なシルエットに怒鳴る。ハンスってば堅物お爺ちゃんにしては意外にもノリは良いのだけどそれにしても悪ノリが過ぎる。

主であっても平気で海に蹴落とすような性格。

「大丈夫ですよサクラ様、痛いだけで済むように加減してあります故に」

「できますかそんなこと!!」

どこの達人ですか。……達人だった。そっか。

「本音は？」

「一度死なねばわからんようだな、と」

「殺す気じゃないですか!?」

「世界には半殺しという素晴らしい文化があってですね」

「こんにゃろ！」

怒号と共に煙の向こうの影に向かって苦無を二本続けて空を切り裂くように投げつける。

どうせ弾かれるのだろう、どうせ。これだからチートは。

そしてこれ以上歩く慇懃無礼の相手なんかしていられない、私は部屋に帰らせてもらう。

即座に背を向けて全力ダッシュ。

後ろから金属と金属がぶつかり合う音が二つ鳴ったが、無視する。

「逃がさん！」

「ひぃっ！」

極上の殺気を感じてその場でしゃがみ込むとまたも頭上を何かが――ていうか剣ですね――通過、そのままの勢いで壁に突き刺さった。

……って、真剣じゃないですか馬鹿ですかあなた！　本当に信じられない、仮にも主に向かって騎士が剣を投げつけるとか。

知ってます？　ニンジャって斬ると死ぬんですよ？

くそぅ悪ノリ不良爺め、だからまだ独身なのだ。

「ちっ、外れたか……」

「はーん！　二撃で仕留められなかったそちらの負けです！　最強（笑）！」

「はっ、騎士を剣だけと見縊《みくび》るのは感心せんなぁ……」

なにかスイッチが入る音がした。くっ、煽りすぎましたか。私ってば学習しませんね。

立ち上がってすぐに駆け出す。ハンスは足が速い、流石に老いた今では私ほどではないがスピードに乗り切る前の10ｍなら同格かそれ以上。

まあ、だけど。

「ぬぅ!?」

影――ハンスの動きが止まる。

先ほどまで私がいた場所、だってそこには。

「やーい鳥もちに引っかかってやんの、ざまぁあそばせ！」

「やってくれる……」

ハンスのビキビキと青筋を立てた苦々しい顔が目に浮かぶようだ。

これぞ秘策、ニンジャ七つ道具が一つ自家製高性能鳥もち。

小動物だけでなく人間も地面に拘束可能の優れもの。

ハンスなら力入れて「ふんぬぅ！」ってすれば多分抜け出せるけれど、その数秒が命取りとなる。

その隙に回転扉へと突っ込み、猫のようにダイブして中へと入る。

ちなみに回転扉は壁の２ｍの高さから上方50㎝の部分だけ回転するので鈍重な騎士鎧では入れない。さらばですハンス。シーユーアッゲイン。


「ふぅ……」

暗い通路を少し進んだところで一息つく。この場所は、狭く入り組んでいるので事前に図面が頭に入っていないとほぼ確実に迷う迷宮のような作り。

追手が来たとしても偶然出くわす確率は低い。

「息苦しいから早く出たいんですが……リーたちがいないとなると厳しいですね」

前の喧嘩の時はリーがこっそり屋敷の状況を伝えてくれたり、食料を差し入れてくれたりしたのだが、今はひとりぼっちだ。

寂しい。

こんなことなら数人の屋敷猫を野良猫に配置転換しておくんじゃなかったなと、後悔してしまう。

「あっ、マドレーヌめちゃくちゃ美味しいですねこれ」

ハッピー。

通路の中心部。少し開けたその場所の手摺に腰掛けて、持ってきたマドレーヌを一個だけ食べる。

あとはゆっくりホットミルクと楽しみたいので保存。

その後、足をぶらぶらさせながら今後について考える。

「あーどうしましょっかなー」

誕生日パーティーには行きたくないけれど今回ばかりは詰んでいる気がする。

兄上も本気のようだし、空腹にも不眠にもそこそこ耐えられるが辛いので基本的にやだ。

根気比べでは敗北必至。だからといってこのまま投降するのも癪。

難しいところです。

「見つけたぞサクラァ！」

「ゴヤ————!?　兄上ぇ!?　なぜここに!?」

暗闇から灯りと共に突如として現れるは我が兄ジョー・アブソルート。

普段は屋敷にいない兄上がこの場所を自由に動き回るなどできないはずなのに、というか捕獲作戦は使用人たちに任せて胡坐をかいてたくせに。

思わず変な声出ちゃったじゃないですか！

「ルドルフから教えてもらったんだよ」

畜生、完璧執事め。まだ図面を渡してなかったのになぜ把握しているのだろう。

しかしどうしましょう。煙幕なし、鳥もちなし、武器もほとんど使い果たしてしまった上に兄上と反対方向は屋敷の大広間に繋がる道、待ち受ける大軍は想像に難くない。

追い詰められましたか……。

「さあ観念しやがれ、綺麗な衣装で着飾ってから王都に出荷してやる……」

言い方が奴隷商人。

「ええい邪知暴虐の兄上め、どうしてそんなに誕生日パーティーに行かせたがるんですか!?」

「王命だっつってんだろ!?」

「ただの社交辞令ですぅ!!　真に受けないでください恥ずかしい!!　どーせ任意でしょ?　これ任意ですよね!?　どーしてもって言うなら令状持ってきてくださいよー、令状!!」

「お前さては街の衛兵から職質受けてんな!?」

ギクッ。……いやだって、黒ずくめって街だとちょっと浮くし……馬鹿正直に正体言うわけにもいかないですし、そういうこともある。

衛兵の高い勤労意識に乾杯。そして完敗。

「だいたいなぁ!!　いつもそうやってあーだこーだ理由付けて逃げてるからその歳になって友達が一人もいないんだお前は!!」

「はぁー!?　友達ぐらい沢山いますぅ!!　馬鹿にしないでくださいぃ!?　侍女の皆とは仲良しですし、下町のサナちゃん（九才）なんか大親友なんですからね!!」

まあ侍女には獲物を狙う鷹のような目で追いかけられてますけど!!

「貴族の友達の数を言ってみろや!!」

「なんですか平民との友情なんてゴミだとでも言うのですか⁉　最低‼　この差別主義者‼　貴族主義の煮凝《にこご》り‼　ノブレスオブリージュ‼」

「話をすり替えるな‼　俺にだって平民の友達ぐらいおるわっ‼　あとノブレスオブリージュは悪口じゃねぇ‼」

「じゃあ『友情に身分の違いなんて関係ないね☆』でこの話はもう終わりでいいじゃないですか‼　イッツァハッピーエンッ‼　イエァ‼」

「そういう話じゃねぇえええええええええええええええええ‼」

絶叫。そして沈黙。

お互い肩で息をしている状態ですが依然として議論は平行線。

どちらかが折れない限り交わることはないでしょう。

「力ずくで連れて行くしかないようだな……」

「はっ、やれるもんならやってみろってんです」

剣を構える兄上に対し私は徒手空拳、確かに不利は否めません。

「怪我する前に降参しろよ」

「それはこっちの台詞です。武器の有無程度で埋まることなど決してない圧倒的な格の違いってのをお教えしましょう」

「こいつっ……」

だけど、普通に戦えば私の方が実際強い。兄上は万能型ですからね、なんでもできるのは強みでありますが尖った一芸型に対し相手の土俵で戦うとちょっちアレ。

とはいえ王立学院首席卒業は伊達じゃない。全ての能力が高水準、引き出しの広さゆえにどこで何が活きてくるのか、まったくもってわかったものではない。

互いに間合いを測る間に、緊張感が高まる。だが。

「隙ありぃ!!」

その空気を木っ端微塵に破壊するように、気の抜けた声が通路に響く。

「はぐぁ!?」

「にゃ?」

そして唐突に何者かが兄上の背後から現れ飛び膝蹴りをぶち当てたのです。

「お嬢様!!　こっちですぅ!!」

「っ!?　め、メーテ……なんだ、メーテルかぁ……」

細く長いシルエット。胡散臭い細目の女。ずばりその正体はメーテルである。

「なんだってなんですかぁ!?　ひどくないですかぁ!?」

「リーが良かったなぁ……」

「あーっ!?　そういうのは思ってても言っちゃ駄目なんですよぉ!?」

だってメーテルだし……。というかいまメーテルが足で兄上の背中を踏みつけにしているこの構図って完全に不敬だけどいいんですかね。

別にいいか、怒られるのメーテルだし。減給されても知らない。

「てめぇ新入り!! 裏切ったのか!?」

「えー? わたしぃ、前職がスパイでしたからぁ……ごめーんねっ♡」

なんともうざい猫撫で声。チーちゃんがみだれひっかきを繰り出すレベル。

そしてメーテルはペロッと小さく舌を出し、右手で頭を軽く小突きながら、片目を瞑って満面の笑顔で「てへっ☆」っと言った。

……なんか、こう、すごいイラッてする。

夜、床に就いた後に聞こえてくる虫の羽音ぐらいムカつく。

「すげぇイラつくんだが」

「兄上、剣貸してください。あれ斬りたいので」

「へイパス」

兄上は何の逡巡もなく剣をこちらに滑らせる。

「ナイスパス」

パーフェクト・コミュニケーション。

さあ、うざい子はいねがー?

「ちょ、ちょっと待ってくださいよぅ……わたしぃお嬢様のこと助けに来たのにぃ……!」

「あなたに助けられるほど私は落ちぶれてはいません」

「なんでぇ!? さっきまでピンチだったじゃないですかぁ!」

「その微妙に語尾を伸ばすキャラ付けがもうイラッとします」

「理不尽！」

ちょっと前までは「黙秘します」しか喋れなかった人間のくせに生意気です。

「しかしまあ、状況が状況ですし、業腹ですが今回は不問としましょう。メーテル、兄上を縛り上げてください。あと兄上。剣、借りますね？」

「あってめぇ!?」

「ふふふ……正面戦闘は嫌いなんですよ」

ニンジャの美学に反しますからね。

さーて、逃げますか。

謀ったな

――一度裏切った人間は必ずもう一度裏切る。

古今東西津々浦々往々にして言われ続けてきた言葉。

裏切る対象は諸々。期待、信頼、友情、愛情、はたまた他の何か、ひっくるめて絆と呼んでも良いかもしれない。もしくは、矮小な自分をこそ。

それ自体はある程度的を射ている。というか八割方正しいと言えるだろう。人間ってのはとても弱く、その性根はそう簡単に変えられるものではない。

とはいえ、一度の失敗で全てを決めつけるというのは些か残酷が過ぎよう。

それに、人間という言葉は範囲が広すぎて主語として使うには不適切ではなかろうか。

彼、彼女、彼ら、誰一人として同じ人生を歩んだものはいない。

更生の可能性を一概に判断することなどできるはずもなく、できると思えるほど私は優秀でも、傲慢でもない。

だから私は、信じることにした。

人間の可能性に、懸けることを選んだ。

もちろん、全部が全部は成功しない。皆が皆、善人ではない。

信じて裏切られたことは何度だってある。

そういう人たちは私の知らない所で、私の見えない所で、消えてゆくのだとルドルフが言っていた。

最初はよくわからなかったけど、今では理解している。

逆に、私がそういった闇に手を伸ばしかけたときは、決まって誰かが私の首根っこを摑んで私を引き上げる。そうして私を置いて、深淵の中に潜っていく。

だいたいは帰って来るけれど、たまに、帰って来ない人もいる。

「田舎に帰ることになったのですよ」

それが、そのままの意味でないことに気づいたのは、本当に遅かった。

とてもおめでたい頭をしていた自分の過去には、思わず目を背けたくなってしまう。

所詮私のこれもただの自己満足で、独りよがりで、ごっこ遊びの域を出ないのかもしれない。

それでも、それが、百人中のたった一人だとしても。

淀んだ水が流れ出すように、くすんだ空が澄み渡るように、渇いた大地に雨が降るように。

あの子たちの心に少しでも安らぎを与えられたのなら。私は――

「……謀ったな……謀ったなぁっ!!　メーテルッ!!」

――自分の征くこの道は間違いではないのだと、そう思えると勘違いしていた。

少し、前。

「お嬢様、こちらのお部屋でぇす！」

「ありがとうございますメーテル！」

兄上から逃げ出し、手を引かれるがまま隠し通路を進み辿り着いた先で、メーテルはある部屋の扉を開けて、私を呼び込んだ。

暗い室内に灯りはない。

はて？　ここはなんの部屋だったろう。カンテラの光は小さく部屋の周囲を見渡せない。

「この部屋なら当分は安全です。お嬢様、ここから動かないでくださいね？」

「待ってくださいメーテル、あなたはどこへ行くのですか？」

あなたも、また私を一人にするのですか？　なんちゃって。

「私は偵察と誘導に行きます。余力があればリーさんたちの救出も試してみます」

「メーテル、あなた……」

なんという献身振りだろうか。

私はメーテルのことを誤解していたのかもしれない。

少し前までの「多少なり腕の立つ間者ではあるが、幼少期に抑圧されて育った子供にありがちな、自由になった時に人並み以上にはっちゃけてしまう現象を拗らせすぎて対象の方向性と欲求の深度を間違えて取り返しのつかないレベルに至った変態」という認識を改める必要があるのやも……。

「すみませんメーテル……私、あなたのことクレイジーでサイコな変態女だとばかり思っていました……」

「えぇ!?　それはひどいですよお……私、これでも帝国ではエース部隊のそのまたエースだったのにぃ……」

あれ、そんなにすごかったですっけ?

「その割にあっさり捕まりましたよね?」

都合一週間ほど泳がした後にこう、サクッと。

「アブソルート侯爵家が特殊過ぎるんですぅ!!　正面から戦ってもハンスさんには勝てませんしぃ!　罠に嵌めようにもルドルフさんには通じませんしぃ!　こっそり忍び込んでもお嬢様がいるとかチートですぅ!　私は悪くありませぇん!!」

己の優秀さに自負があるようで、半泣きで必死に抗議してくる。

まあ確かにハンスとルドルフはチートです。

どちらか一方だけでも得れば天下をも握れると、どっかのわけ知り顔なお爺さんも言っていました。

「冗談です。あなたの知識と経験、そして献身には非常に感謝しています。情報の精度も格段に上がりましたし、屋敷猫たち全体の底上げにも繋がりました。あなたが私に仕えてくれたこと、私は本当に嬉しい」

今まで照れくさくて言わなかったことを、せっかくの機会だからここで言っておこう。

二重スパイ、屋敷猫、その指導員とメーテルの存在の大きさは、認めざるを得ない。

「抱きついてもいいですか？」

「嫌ですさっさと行ってください」

ちっ、褒め過ぎましたか。真顔で言わないで気持ち悪い。

やっぱり変態じゃないですか。

「いいじゃないですかぁ、一回ぐらい！」

「ダメです、好感度が足りません」

「今の流れで足りないんですかぁ!?」

「あと42ポイントですね」

「近いのか遠いのかわかりませんねぇ……」

１００ポイント獲得で合格です。

メーテルは一度肩をがっくり落とした後、決意を新たにしたようでやる気に満ちた顔で上を向きました。

「よぉし！　今からポイント荒稼ぎしちゃいますよお！」

「期待してますよ」

「はい！　お嬢様は私がお守りしますのでぇ、大船に乗ったつもりでいてください！」

自信満々に豊かな胸を叩いて揺らすメーテル。ゆったり波打つそれを見てちょっとイラッてした、

30ポイント減点します。

「では行ってきますけどぉ、外は危険ですのでここで待っていてくださいねぇ？」

「はいはい、わかってますよ」

「ん！」

にっこりと笑い親指を立てるメーテル。

そのまま意気揚々と小振りなお尻を揺らしながら部屋の外へ向かっていく。一々動きが扇情的なのは帝国の時の癖が抜けていないからだろうか。

ふしだら、減点。

「幸運を」

部屋の外に出たメーテルへと一言。彼女は振り返り、小さくうなずいた。

そして、扉を閉めようとしたとき。

――なぁんちゃってぇ。

彼女の唇の先が、とても嬉しそうに歪んだ。

「っ!?」

考えるより先に飛び出して、扉に肩から体を叩きつける。しかし、私の体格と筋力では鉄製の扉はびくともしなかった。閂《かんぬき》をかけられた。

「くそっ、思い出すのが遅かった……！」

外側からかける閂、内側から開ける術《すべ》はない。

狭く、暗い室内。置物は一つもなく、がらんとした空間でありながら四方の壁は強固に作られている。そして前方の扉を除いて、どことも繋がっていない。

この部屋は隠れるための部屋ではない、閉じ込めるための牢だ。

「開けなさい！　開けなさいメーテル！　聞こえないのですか!?」

「すみませぇんお嬢様ぁ……屋敷の中の追いかけっこではどうしてもお嬢様に分がありますからぁ……こうするしかなかったんですぅ……」

「まさか、そんな……」

「ふふふぅ……忘れちゃったんですかぁ？　私は、に・じゅ・う・す・ぱ・い、ですよ？」

最初から兄上とグルだったと……？

裏切られた。いや、騙されたのか。その事実に、私は、呆然と立ち尽くす。

くそぅ、やっぱ叩いときゃよかった!!

「…………………メーテル」

「はぁい！」

「……謀ったな……謀ったなぁっ!!　メーテルッ!!」

「ふふ、お嬢様は素晴らしい主、で・し・た♡」

「貴様ぁ!?」

だんだん!!　と、拳を扉に打ち付ける。しかしそれは小さくギシギシと音を立てて軋むだけで徒労に終わる。

手ぇめっちゃ痛いです!!

「無駄ですよぅ……諦めてくださいねぇ？　お嬢様♡」

「〰〰〰！」

罵倒の言葉は声にならない。

してやられた……してやられた！　よりにもよって、メーテルにしてやられた。

嵌めたメーテルよりも、メーテルに嵌められた自分の不甲斐なさに腹が立つ。悔しさから目じりに光るものが滲み始める。

「……なぜ。なぜ裏切ったのですか、さっきの言葉は嘘だったのですか、ずっと……ずっと裏で私を嘲笑っていたのですかメーテル!?」

「自由着せ替え権」

「……え？」

何か言いました？

「ですからあ……自由着せ替え権ですぅ」

「……え？」

テイク２
「だってぇ！　お嬢様いーっつも同じ服ばっかでぇつまんないんですよぅ！」

顔は見えないが、壁の向こうでメーテルが頬を膨らませて怒っているのはわかった。

擬音で言えばこう、プンプンって感じの。

「そ、そんなことで……？　う、裏切ったの……？」

「そんなことじゃありませぇん！　重要なことですぅ！　侍女全員の総意と言っても過言ではありませぇん！」

「そ、そんなに!?　そんなに私ダメですか!?」

「ダメでぇす!!」

壁越しに食い気味に強く断言された。

そんなに？　だって私の服ですよ？　自分のじゃないんですよ？　そんなに？

「だっ、だったらこれからはちゃんとオシャレしますから！　ここから出し――」

「ルクシア様に誓えますか？」

「…………」

それはちょっと……。

「はいじゃあちょっと睡眠ガス注入しますねぇ」

扉の横に穿《うが》たれた小さな穴から白い煙が噴き出してくる。

「ちょっとぉ!?　それ最終兵器じゃないですか！　ここで使ってどうするんです!?　高いんですよ睡眠ガス！」

高いお金払って素材を調達して、調合するのだってクロエと頑張って試行錯誤したのに!!

「お金より大事なものがここにあるんでぇす！」

「払うの私のお小遣いからなのに!?」

良いこと言ってる風だが冗談ではないです。

ただでさえ落とし穴に使っている山芋の費用で懐具合が圧迫されているのに、これじゃあ下町名物かすてえらが買えないじゃないですか!?

「さあお嬢様、どんどん眠っちゃいましょうねぇ」

「やめて怖いですその台詞！　修行時代を思い出すので本当にやめてください！」

そんなこんなしてるうちにガスが部屋に充満していく。

覆面で口と鼻を包んではいるが、それにも限界がある。

耐毒訓練も積んではいるがこの量では意味を成さない。

確実に、追い詰められている。

「出して！　ねぇ、出して！　お願いメーテル！」

「もちろんですお嬢様、私がしっかり介抱してあげますからねぇ」

「やだやだやだ！　怖い！」

「大丈夫ですよぉ、眠り姫は私がチューで起こしてあげますねぇ」

扉の向こうで、口角をひどく歪めて、にやりと笑うメーテルを幻視した。

背筋がぞくりとする、急激に体温が下がるのを感じました。

駆り立てられるように、私は再度扉を何度も強く叩きますが、

「ふふっ、だめですよぉ……可愛いお手を怪我してしまいます。それはぁ、とーってもぉもったいないことですよぉ……？」

捕らえた村娘を諭す奴隷商人のように、無駄なあがきと遠回しに笑われたような気がした。

負けた。物理的にも、精神的にも、負けた。

「怖いよぉ!!　リー!!　ちちうえぇ!!　ははうえぇ!!」

悔しさから滲んでいたそれが、恐怖のそれに変わる。

「……ゾクゾクしますねぇ」

非常に楽しそうなその声に、私はとうとう決壊した。

「あにうえぇ!!　あやまる、あやまりますからぁ!!　これどっか持って行ってくださぃ!!」

意地もプライドもかなぐり捨てて、大声で兄上に助けを求めた。

メーテルとグルだったのかそうでないのかは知らないけれど、きっと近くにいるはずだろうと。

「なにやっとんじゃ貴様は！」

「きゃん！」

怒鳴り声、鈍い音、小さな悲鳴。

ほんとにいたっぽい。

そして、睡眠ガスの注入が止まり、扉の閂が外される。

開かれたその先にいたのは、兄上だった。

「あにうえぇ……」

「ああもう！　ガチ泣きじゃねぇか何してんだ新入り!?」

兄上は私の所まで焦った顔で駆け寄ってきて、ハンカチを取り出して私の顔を拭ってくれた。

そしてそのまま、顔だけメーテルに向き直り批難する。

「なにしたって、全部ジョー様の発案じゃないですかあ！」

「俺が言ったのは物理的にだ!!　精神的に追い詰めてどうする!?　兄妹喧嘩は妹泣かせた時点で兄の負けって法律で決まってんだよ!!」

決まってないよ。ていうかやっぱり全部兄上のせいじゃないですか!!

「なにしてもいいって言ったのはジョー様ですぅ!!　私は悪くありませぇん!!」

「うるせぇ!!　俺が言ったのはどんな手を使っても良いで、お前は存在そのものが教育上最悪だ!!」

「隙あり」

それはさておき、二人が言い争っている間に兄上の脇をすり抜けて逃走します。

こんなところにいられない、私は部屋に帰らせてもらう。

「あっ待て！」

「嫌です!!　兄上もメーテルも大っ嫌いです!!」

「「普通に傷つく!!」」

「つーかまーえたー♪」

あの場から逃げ出した後は抗戦する気力もなく、というか眠くてうつらうつらしながら誰もいない廊下を歩いていたら、突然後ろから抱きしめられました。

「は、ははうえぇ……?」

「はーい。マーマでーすよー?」

朗らかな声に優しい表情。

その正体は、私の母上。フローラ・アブソルートその人でした。

後ろには母上付きの侍女が二人控えている。どんな時でも心を乱さない優秀な二人だ。

「起きてて大丈夫なんですか?」

母上は十年ほど前に体を壊して以来、あまり精力的に活動することができなくなってしまっている。社交界なども半ば引退状態。

髪は月のように、肌は雪のように白く、体は触れるだけで折れてしまいそうに華奢。柔らかい雰囲気は温かさと同時に儚さを。それが時たまギュッと心が締め付けられるようで——というのは置いといて。いつもはサンルームもある屋敷の西の隅。周囲の木を切り倒した最も陽の当たる穏やかな場所で、静かに療養しています。

「んー、屋敷が賑やかで起きちゃいましたー」

「す、すみません……」

弁解のしようもないと私は項垂れる。さすがに暴れ過ぎました。

だけど母上はそれに対し首を横に振ると、私の頭を優しく撫でてくれます。

「んーん、元気があっていい子いい子ー」

「あ、ありがとうございます……」

細い指。だけど、不思議と安心感が湧いてくるような。

「でも夜も遅いから――そうだ、サクラ久しぶりに一緒に寝ましょう？」

「い、いいんですか!?」

「もちろーん。さっ、行きましょ？」

「はい！」

そうして、今日が終わる。

やり残したことは多分無い。


ほほえま。というのはともかく。

「ジョー大丈夫？」

傍らで両手両膝を突く長男に問う。ワシ、ほとんど干渉していないからわかんないけど、今日こそ混沌という言葉が似合う場所は無かったと思うな。

「……俺、何がしたかったんですかね……」

問の答えを聞かずともわかるほどに、ジョーは心底きつそうに言った。

「さぁねぇ……」

ワッカンナイネ。

第3章　決戦!!　グレイゴースト（笑）

おめかし

サクラ・アブソルートは実のところ人見知りである。身内には蜂蜜のように甘いが、赤の他人には強い警戒心を滲ませる習性を持つ。

幼少期にそういった場面の経験を積めなかったからかもしれない。身内に混じって知らない人間がいる空間というのが特に苦手で、すぐに隅っこで壁の花になったり、家族の陰に隠れて服の裾をぎゅっと摑んで離さなかったりとその傾向が顕著に表れる。

だからか、貴族の集うパーティーどころか小規模のお茶会にすら参加しようとしない。

いや、一度行ったきり、もう嫌だと言って断固反抗の姿勢を崩さない。

そのくせ潜入任務とか殴り込みとかは平気でするのでよくわからんのだが。

『私は私のことが嫌いな人が嫌いです』

『心にもないことを言うぐらいなら黙っていた方がマシ』

『たかだか貴族の家に生まれただけで偉くなったつもりですか奴らは』

まあこういったことを主張して憚らないところを見るに、気性が合っていないんだろうなというのは理解できる。

うん、それならしょうがないと、俺は早々に説得を諦めた。

サクラがブチギレてみろ、きっとその場にいる人間全員に生涯癒えぬ傷痕を残すことになるだろう。なぜなら俺がそうだったから。

だって我が強い、すごい強い。とんでもなく強い。まじやっべぇぞ。

正直俺も社交辞令とか皮肉とかよくわからんので社交界とか好きではない。

そういうのは頭の出来がよろしいジョーとかピーターに任せれば良いのだ。

俺たち兄妹二人程度、ちょーっといなくたってバレんだろう。

適材適所ってな、俺は騎士であいつはニンジャ、それが一番活きる道だ。

しかしそうは問屋が卸さない。というか、ジョーが許さなかったようで。

昨日俺は屋敷にいなかったからよく知らないが、どうにも一悶着あったらしい。

今朝、ひどくボロボロの屋敷を見て俺は笑った。

ジョーはなぁ、真面目だからなぁ……。肩肘張らずにもう少し気楽に生きても良いとは思うんだが……いや、肩肘張らせてる元凶が言うのもあれだな。すまんって感じ。

とかく、奴は多少口煩いが、その発言は奴なりに真剣に相手のことを考えての発言なので、こう、なんと言うかな、余計にタチが悪い。右から左に聞き逃せんのよなぁ。

厄介厄介。

しかしまあ、サクラもそれに負けたのか、それとも母上の鶴の一声に従ったのか、王太子殿下の誕生日パーティーに参加が決定したらしい。

社交界デビューである。そう実写版『ＳＡＫＵＲＡ』本邦初公開である。

こいつは荒れるな、俺は詳しいんだ。いや知らんけど。

とはいえ今回は誕生日パーティーであって夜会ではない。そういうのは十五からだな。

エスコートやダンスなどは不要だから、祝って飯食って喋って終わりの和やかなもの。

精々頑張って他所と良い縁を繋いでくるといい。俺は面倒だから嫌だ。

とまあ、それはそうと——

「やっぱり派手な色が驚くほど似合わねぇなぁ……」

「そうねぇ……サクラちゃんは最高に可愛いけど、ウィリアムの言う通りかも？」

「恐れながら……私もそう思います」

「着たくもないドレス着せられた上にディスられるとかそんなのあります？」

——ショッキングピンクのフリフリした大変可愛らしく子供っぽいドレスを着せられたサクラが、げんなりとした顔で言う。

今現在、俺——ウィリアム・アブソルートは、母上とリーと一緒にサクラのパーティードレスの試着会をしていた。

どうしてこうなったんだろう、わかんね。

なんかサクラを捕まえた報酬として着せ替え権が母上。

頑張ったで賞ということでリーにドレスの決定権。

同じくトーマスに有給が与えられた——けどあれ労災じゃね？

そんで、男性の意見も取り入れたいとのことで俺が呼ばれたらしい。

屋敷の使用人は死屍累々で父上やハンスにルドルフは単純に忙しい。

トーマスは入院中である。ハンスに一撃入れるとか俺でも難しい偉業ではあるが、それほど頑張ったのにこの滅多に無い機会を逃すとかあまりにも哀れが過ぎる。南無三。

「いやもう水と油って感じだな、むしろ才能を感じる」

「……それで正しいんです、ニンジャはピンクなんて着ません」

「お前自分の名前知ってる？」

「……やっぱり派手な色はやめておきましょう。流行りに無理に合わせる必要なんて無いもの。サクラちゃんの良さを前面に押し出しましょー」

「それなら……黒や緑が候補でしょうか？」

リーが言うように緑や黒は普段着（忍装束）でよく着ており、似合っている。似合ってるのかどうかと思うがまあそれはどうでもいいか。どうでもいいな。

「暗い色でも陰気な感じがしないのは長所だが、子供中心のパーティーだと浮くんじゃないか？」

誕生日パーティーという名の未来のお妃様品定め大会でもあるからには、他の令嬢たちは流行りだという煌びやかな色彩の服を着せられてくることだろう。

落ち着いた色だと逆に目立ってしまう可能性があるのではないか、よくある性格の悪いご令嬢たちに絡まれたりしないか。と、思ったり思わなかったり。

なんて軽く言ってみたりすると、サクラの顔からサーッと一瞬にして血の気が引いて、体が小刻みに震えだす。え、なに急に。

「めっ……目立ちたくない……!!」

「それは無理だろ、ジョー同伴の時点で」

学園時代の……いやその前からか、ジョーの人気はすごかった。それはもう。

顔が良いのに、能力も高い。家柄だって良いのに性格すらも誠実。

そんなだから婚約してからもその勢いは衰えず、相手の家もそんなに大きくねぇもんだから、そりゃあもう本当に大変だっ——いや言うまい。愚痴になる。

ともかく、あのジョーが箱入りと噂の妹を連れてきて話題にならんはずがない。

「兄上めぇ……どこまで私の邪魔をすれば気が済むのですか、大幅減点です……!!」

拳を握り締め実に忌々しそうに呟いている。

サクラはなんか知らんが全ての人に対し独自の好感度ゲージを持っており、ポイントが50を超えると身内判定されるらしい。

ジョー、知らないところで減点されてやんの。

「ジョーはいま何点なんだ?」

そろそろ危ないのではないのかね。

「500ポイント」

「大好きじゃねぇか」

あまりに堂々と言うものだから思わず笑いながらツッコんでしまう。

５００て。大幅減点されてそれか。

「あいや待たれよウィル兄。直近二十試合打率一割の四番バッターがいたらどうします？」

「スタメン落ちだな」

「そういうことです」

「なるほど理解した」

わかりやすい。

「俺は？」

そりゃあまあ、気になるわな。可愛い可愛い妹からの好感度だもの。

「１０００ポイントぐらいですかね？」

「クハッ……剣以外でジョーに勝ったの久し振りだわ」

ぐらい、とかいうおざなり感は気になるがそれはそれ。

なんであれ、あの完璧超人に勝てるのは気分が良い。

ダブルスコアじゃー、いえーいって感じ。

「ねーサクラちゃん、ママはー？」

母上がサクラにしな垂れかかりながら気の抜けた声で尋ねる。

「母上は１００００ポイントです!!」

「わーい！　うーれしー!!」

「インフレよ」

ふにゃっとした笑顔で抱き合う二人。

点数それ絶対その時の気分で言ってるだろ。

呆れ半分で笑いながらもふと横を見ると、リーが少しそわそわしながら二人を見ていた。

自分がどのくらいの位置につけているのか聞きたいのだが、侍女としてのプライドが邪魔しているらしい。

「サクラ、リーはどのくらいなんだ？」

「うぃ、ウィリアム様!?　そんな……！」

「リーですか？　うーん……」

あごに手を当てて考え込む。

それをリーは期待と不安が半分といった表情で、手を組みながら祈るように待つ。

傍から見ると裁判の被告のようだった。そんな緊張せんでも。

「２０００ポイントです！」

「……!?」

「俺負けとんのかーい」

ダブルスコアじゃないか。

兄なのに侍女に負けてほんのちょっとショックを受ける俺の横では、リーの目がキラキラと輝いていた。

リーは口角が普段１ミリも動かない程に表情筋が死んでいるからわかりにくい、多分喜んでいるのだろう。

「むぅ……ウィル兄は最近騎士団の方にかまけすぎです」

「そこを突かれると痛いんだよなぁ」

「そうねぇ、もうちょっと帰ってきても良いわよね。ねーサクラちゃん」

「ねー」

「ははっ……」

ニッコリと笑い合う二人に俺は愛想笑いしかできない。

母上がいるとなー、その空間がふわふわする。

「はいはい、パーティードレスの話に戻りましょうや。逸らしたの俺だけど」

手を叩いて軌道修正。珍しく母上の体調が快調で嬉しいのはわかるけども。

そもそも俺とて暇ではなく、この後は普通に仕事があるのでのんびりしてはいられない。

「ん～やっぱり淡色系統が正解かしらね」

「結婚式でもありませんし、白でも良いのでは？」

「そうねぇ……あっ、これなんか良いんじゃない？　とっても似合うと思う！」

パラパラとカタログをめくっていた母上が指さしたのはパウダーブルー、ほんのり青みがかかった白のような色だった。ともすれば雪のような。

サクラは色白で肌も綺麗なので映えるだろう。

「単純に一番似合うってんなら俺はこのミント色のドレスを推しますね」

濃い目の緑、色になんて詳しくないからなんとも言えないが、サクラの髪の色に合わせるとこれが一番似合うと思う。ファッションセンスのない男の意見だが。

「わ、私はこのシルバーグリーンのやつが良いと思います……」

リーが選んだのは淡い緑のドレスだった。

うん、恐る恐る言っているが決定権はリーにあるんだけども。

「目立たないのはどれですかね？」

「だから無理だって」

まだ言ってるのかこの妹は。

「いえ気配消して逃げ回りますので極力背景に溶け込めそうな色が……」

「………」

できるのが厄介なんだよなぁ。

「ジョーが可哀想だからやめてやれ」

兄として妹の味方をしてやりたい気持ちもあるが、行くと決まった以上、弟として過労死手前の兄にこれ以上の負荷が掛かるのは避けたい。

そう言うとサクラは唇を尖らせて不満げな顔をしたが、不承不承ながらこくりと頷いた。

１０００ポイントは伊達じゃない。

「まあ上手くやれとは言わねぇよ。最近はちぃとあれだが一応うちは名門だからな、そんな喧嘩を売って来るような奴もそうそういねぇとは思うが……もしそんなのがいたら――」

「いたら?」

問い返す妹に立てた親指を下に向けながら薄ら笑う。

「やれ」

「良いのですか!?」

「構わん、許す。舐められたらぶちのめせ、心も体もへし折っちまえ。相手が公爵だろうが侯爵だろうが知ったこっちゃねぇ。どこと敵対しようが俺たちがいる限りアブソルートは揺るがねぇよ」

「おおおっ……ウィル兄かっこいい……!」

「そうだろう、そうだろう」

「じゃあ親の功績を自分の功績と勘違いして人を小馬鹿にする選民思想の塊みたいなクソガキ共をぶちのめしてもいいんですね!?」

「……こっそりな、できんだろ?」

「こっそりですね!! わかりました!! 鼻っ柱折ってきます!!」

笑顔でサムズアップするサクラ。

気負うなと言うつもりだったのだが気合を入れてしまった気がする。

ミスったな、どんまいジョー。

ちなみに母上は意外と博愛主義でもないのでニコニコしながらそれ眺めている。リーに至っては自分もサクラの敵をぶちのめす気満々で拳を握り締めていた。

やべー家だな、ここ。

——その後もくっちゃべっていたら仕事の時間になったので俺は騎士団の方へと戻った。

ドレスは明日、街から呼ぶ針子と相談しながら決めるらしい。

俺いらなかったじゃん。

閑話・邂逅

鈍色《にびいろ》の光が、僕の目に一直線に向かってくる。

反応どころか理解すらできていない。きょとんとした顔で呆然としていた僕はなんとも情けない姿だったことだろう。

ただ。ただ、愚かだった。

次の瞬間、僕を覆ったのは無音の影。

そして金属と金属がぶつかり合う音。

虚空に弧を描いてから床に転がったナイフを見て、僕はそこでようやく自分が死の淵にいたことに気づいたのだった。

本当に、自分の鈍間《のろま》が嫌になる。

次に、僕の前に降り立った彼女を見た。

真珠のように白い肌、艶やかに輝くエメラルドの髪、そこから覗く凛とした顔つき。

淡い桜色のドレスをはだけさせながらもそれを気にした様子もなく、短刀を構え怜悧な眼差しで目前の敵を見据えるその姿。

「暗愚といえども仮にも王族だ。気軽に触れてくれるなよ、下郎」

冷たく言い放ったその言葉。

女性特有の柔らかさはそこにはなく、どこまでも研ぎ澄まされた刃物のような鋭さがあった。

輝く聖剣……いや艶めく妖刀の類だ。果てのない練磨の先の、尽きることのない執念の産物。

なぜ自分でもそう思ったかはわからないけど、直感がそう叫んだ。

だがどちらだったとしても、美しいことには変わりがない。

その刃が、通り魔的に僕の胸を斬りつけた。

何かが壊れる音。張りぼての城が崩れ落ちるように、気取っていた自分が恥ずかしくなるように。

……ああ、こんな時に何を馬鹿なと言われるかもしれないが――

目は、彼女の姿に見惚れていた。

耳は、彼女の声に澄まされていた。

脳は、彼女のことで埋め尽くされた。

自分の命が狙われたことなどどうでもいい、どうせ今後もよくあることだ。

そう、彼女だ。

誰だ、誰だ、誰だ、彼女は、誰だ。

口が、彼女の名を求めた。

「キミは……？」

「黙って見ていろ、死にたくないのなら」

ピシャリと切り捨てられる。が、語りかけてくれたという事実に高揚している自分がいた。

この感覚は、初めてのことだった。

出会って五分も経っていない、時も場所も弁えていない。

だが僕は、謎の少女に恋をした。

なんぞさえずる者達よ

ドゥーリンダナ王国首都トリシューラ。

私です。私なのです。あいまいみー。

兄上の奸計に嵌まり、誠に遺憾ながら王太子殿下とかいう名前も知らん俗物の誕生日パーティーにやって来てしまった私ですが、まあそれはそれ。

ルドルフに仕込まれた熟練の猫かぶりスキルで国王陛下並びに王妃様への挨拶をパーフェクト・コミュニケーションで終えると、次は早速会場入り。

厳かな光に包まれた天井の高いホールでは既に招待客たちがグラス片手に軽食をつまみつつ、表向き楽しそうに歓談していました。

足を踏み入れた瞬間から複数の視線が私と兄上に向けられましたが、とりあえず敵意を向けてきたクソガキには丁寧に一人ずつガン飛ばしておきました。

すぐに目を逸らすご令嬢たち。ふっ、雑魚め。

「おい」

「あいてっ」

兄上に肘で小突かれる。痛い。

「いきなりガン垂れる奴がいるか。好感度がマイナスから始まんじゃねぇかよ」

「良いじゃないですかマイナス。いっそのこと嫌悪ゲージが振り切れて恐怖に変わるぐらい徹底的にメンタルをサンドバッグにしてやりましょうよ。その方が楽ですよきっと」

「お前だけがなっ！」

そうかな。そうかも。まーいいじゃん。

「よくねぇよ」

よくねぇですか。そっか。

まあそんな三下共はさておき。とりあえずさっさと王太子殿下とやらにプレゼントを渡して壁の花と洒落込みましょうや。私は絶対に目立ちませんよ。

「殿下は……あそこだな」

「げっ、すごい並んでるじゃないですか……」

ホールの中心部に目を向けるとそこにはかなりの人だかり。それも私と同年代の子息令嬢がほとんど。そして彼らが作る円の真ん中に、なんかよくわからん変なのがいた。

トーマスから筋肉と爽やかさを引いて陰気さを足したような少年。

「んー、ナシ寄りのナシ」

つまり梨。しゃくしゃく。

「そこまでか……。俗な言い方だがありゃかなりのイケメンだろ」

兄上が言います通り確かに顔は美形でしょう。王族らしく整った顔立ちですし、金髪碧眼と女子が喜びそうなパーツも持ってますね。

「顔ではなく……いえ顔もですね。兄上、例えば仮に私が生魚を嫌いだとするじゃないですか」

いやまあ実際に苦手なんですけども。

「ふむ」

「あれの顔は新鮮な魚を使って職人が握った寿司です」

「スシ」

「ＳＵＳＨＩ」

「……わからんでもない」

旨いのはわかる、だが守備範囲外。そんな感じです。

だがそれは見た目の話、私の嫌悪はそこにはない。

「それに加えて見てくださいあの顔。沢山の可愛い女の子に囲まれておきながらあの鬱陶しそうな表情。何様のつもりでしょう。たかだか王の嫡男として生まれただけのまだなんの実績も持たぬガキの分際で貴族のご令嬢をぞんざいに扱ってよい道理がありましょうか。そりゃあ内心は自由ですよ。自由ですけど実際がどうあれ外面を取り繕えぬようでは器の程度が知れますね。『私は感情のコントロールもできない無能です』と看板ぶら提げて周囲に喧伝しているようなもの。あんなのが次期国王とは王国の未来は明るくないでしょうね。その凡百な人生は後世の歴史の教科書では一行で済まされるに違いなし。家庭教師と未来の王妃の今後の手腕に期待するしかありません。特にあの露悪的な思想は至急矯正すべきです。それに令嬢たちを見る『どうせお前たちは俺の身分にしか興味が無いんだろ？』とでも言いたげな瞳、純粋に自分を慕う者を見分けきれぬ審美眼もそうですが、万人を疑うその癖、ともすれば暴君の因子となりましょう。なんでしょうね、まだまだ子供なんですから素直に喜べばいいものを変に大人ぶって『現実の残酷さを知ってる俺』ってやつに酔ってるんですよ、自分に酔ってる。でも実際には大した経験もない、現実も知らない、周りの大人に守られている自覚もない。ないない尽くしの人生は滑稽ですね、ピエロかよ。まあ引き出すのは笑顔ではなく失笑だけですけど。しかもあの仄かに漂う諦念の香り、自分を悲劇の主人公とでも思い込んでいるのでしょう。権謀術数に呑まれ真実の愛（笑）を知らぬ可哀想な自分、みたいな。確かに王族である以上婚姻は政治の道具、恋愛結婚は基本的に望めません。が、努力もせず諦めるその性根が気に食わない、王族であることを努力しなくてもよい理由にしているのがくだらない。それが将来の伴侶への無礼に当たることも理解していない。そもそも恋知らぬ童貞のくせに恋愛観などちゃんちゃらおかしい、現実が見えてなければ夢すら見ない、方向音痴の盲目野郎、あんな中途半端な奴が私は一番嫌いです。というかもう、生理的に無理です。一挙手一投足が鼻につく、虫唾が走る、癇に障る、どれだけの罵詈雑言を以てしても私の嫌悪感を表すには足りない。ああっ、まさか私に自分の語彙力の無さを苦慮する日が来ようとは。詩歌の授業も馬鹿にはできませんね、もっと本も読んでおけば良かったです。あんなもの人生において何の役に立つかと思っていましたが今こそ、今こそがその時でありましたか……!! ええい、どうか私に乗り移れさすらいの吟遊詩人……!! そもそも来てほしくないなら最初から呼ぶなっつーの!! 私だってこんな所に来たくはなかったし貴方の顔なんぞこれっぽちも見たくもなかっ――」

「長い長い長い」

「いやもう断言しますけどあれ、絶対六年後ぐらいに田舎出の男爵令嬢あたりのハニトラに引っ掛かって騒動起こしますよ。間違いない、トーマスの魂を賭けてもいいです。だからこう、婚約者選びは慎重に進めた方が良いと思いますよ。馬鹿を選べば国が滅びますが、あんまり奥ゆかしい娘を選ぶとコンプレックス拗らせてそれはそれで悪い方向に転びそうです。オススメは……そうですね、良識があって自分の気持ちを素直に伝えられるような娘が良いと思います。円滑な意思疎通ができる関係性の構築が先決で、家柄も大事ですが相性を優先すべきかと。まあそんな相手が都合良くいるとは思えませんがね。いやそもそも選ぶ側だというのが勘違い。特に優秀な令嬢たちにとって国母という地位と名誉を天秤にかけたとしてもあれのお守りというデメリットはあまりに重い。選ぶのではなく選んでもらう側だという自覚を――」

「続けるな。そしてトーマスの魂を賭けるな」

「まだまだ見開き埋める程度には話せますが」

原稿用紙十枚分くらい。

「お前ら前世がハブとマングースだったりする？」

「ハブとマングースってライバルじゃないですか。私をあんな雑魚と同格にしないでください」

「お前いま雑魚って言ったな？　王太子殿下のこと雑魚って言ったよな？」

「……記憶にございません」

「鶏以下の記憶力してんなお前」

さすがに雑魚は不敬でしたね。

誰かに聞かれでもしていたらその人物を社会的に抹消する必要がありましたよ。あぶにー。

……よし、大丈夫。

「見た目で人を判断するのは良くねぇぞ、話してみんとわからんだろう」

「……だってオーラが」

「お前には何が見えているんだ」

「兄上の右肩に憑いてる青い短髪の女の人とか」

「はっ？」

「嘘でーす……ってあいたぁ!?」

叩かれた。せっかく珍しく綺麗に整えた髪が乱れるじゃないですか、暴力反対。

「ったく、脈が無いとかそういうレベルじゃねぇな……」

「脈がなんです？　止めるんですか？　誰のを？　私それ得意ですよ」

「恐ろしいことを言うな」

冗談冗談、イッツァジョーク。

「それはそれとして私の見立て、間違ってますか？　兄上って殿下と話したことあるんですよね？」

遠目で一度見ただけでは確かに判断が早すぎたかもしれませんが、そこそこ人物眼には自信があったりなかったりするのですよ私は。

「…………いやまあ、的外れだとは言わんが……その、思春期の少年にはありがちな病というか、誰しも一度は通る道というか、情状酌量の余地が……」

えらく歯切れ悪く言い淀む兄上。

その態度こそが事実を全て物語っています。

「兄上、プレゼント貸してください」

「どうするんだ？」

「メモ書きと一緒にこっそりあのプレゼントの山に置いてきます」

どうせ女の子の顔とか一々覚えてないタイプでしょあれ。平気平気。

「そこまで嫌か……」

「王太子殿下という概念がもう無理です」

「概念が……」

「置いてきました」

「早いなおい!?」

私のスピードにかかればこんなもの。足はおろか目で追える者すら何人いることか。

この会場にいる人間にはそよ風が吹いた程度にしか感じられないでしょう。

室内で風が吹くのもおかしいんだけども。

「まあ露骨に嫌な顔しながら挨拶しても角が立つだけ……なのか？　うーん……」

「そうですそうです。さあさあ、レッツウォールフラワー」

軽食のお菓子を抱えて会場の隅に向かおうとする私。

その肩を兄上はガッと摑んで私をその場に押さえ付けます。

「あ、兄上……？」

振り返れば外面スマイル全開の兄上。これは……あかんやつですね。

「まあどっちみちあの人だかりが落ち着くまではどうしようもねぇが、その間を馬鹿正直に待つのもアホらしい。つーことで挨拶回りに行くぞ」

「……国王陛下にはしましたけど」

「だけで終わるかよ、この国に何人貴族がいると思ってんだ。しかもお前、今日がデビューだろ」

「やっ、やぁだぁ……」

そりゃあさっきから多種多様な視線を感じてはいますよ。好奇・敵意に加え値踏みする様なものまで含めてそれなりに。背筋がゾッとするようなものだってあります。

だからこそ嫌です。

「最低限挨拶が必要な人の所にだけ行って、俺の後ろで一言二言喋るだけでいいから我慢しろ」

「うぅ……せめて向こうから来てくれたりしませんか」

「表向き実績もなんもねぇガキが立派に領地を治めている貴族を上から呼びつけるのか？　そいつぁ筋が通んねぇだろ」

「……むむむ」

意地悪く兄上が痛いところを突いてくる。ブーメランって怖いですね。

……自分で言い出したことを翻すのは良く、ない。

「はぁ～～～～～～」

これみよがしに長く息を吐き、不本意であることを兄上に主張しつつも、私は意を決します。

「仕方ないですねぇ……」

「露骨に嫌な顔すんなよ。終わったらジェシカも来てるからそっち行っていいぞ」

「義姉上もいるんですか!?」

「あっちも妹の付き添いでな……あとまだ義姉ではない」

「はよ」

「うるせぇ」

疾う疾う。なんて、叩かれそうなんでこれ以上言いませんけど。

ともかく義姉上がいるなら私のモチベもワンナップ。一回死んでも生き返る。

「まずは大公からだ」

位の高い順から挨拶するとしたら順当に陛下の叔父であるフリジア大公でしょう。

穏和な性格の好々爺で有名なご老公です。

アブソルート侯爵領にも旅行で訪れたことがあるので私も面識があります。

「あの人優しいので好きです」

「別に王族が嫌いってわけじゃないいんだよな」

「あれが嫌です」

「あれって言うな」


私は挨拶回りを頑張った。それはもう頑張った。

「はい」と「いいえ」と「ごきげんよう」しか言わなかった気がするけど頑張った。特に何を頑張ったかというと自分を抑えるのに苦労した。

なんでしょうね、あの傲慢怠慢肥満肉まんの四拍子揃ったクソ公爵は。

我が家だけでは飽き足らず、義姉上までをも侮辱するなど打首獄門。

兄上が我慢していたので私も耐えましたが、とりあえずムカついたのでそいつのかつらをこっそりずらしときました。やっぱり社交界など来るもんじゃないですね。

「これだから西側は嫌いなんです……!! 何も知らないくせに偉そうにしくさって……!!」

「落ち着けよ。あんまやり過ぎると後で苦労するのは父上だぞ」

「それはぁ……わかってますけどぉ……」

柔和善良の具現のような父上ではあるけれど、ああ見えて意外と敵が多い。

というかアブソルート侯爵家自体が西方貴族たちに嫌われている。

まあ元々東と西で亀裂があったところに100tハンマーぶちかましました先代がだいたい悪いんで

すけど、だからといってあの態度は本当に……もうっ。

「正直、あれを相手に終始ニコニコしていられる父上は尊敬します」

「父上のスルースキルはガチだからな。あの人相手に嫌味や皮肉は言った方が馬鹿を見る」

あー、意味が通じないからギャグが滑ったような空気になるあれですね。凝った言い回しをすればするほどに恥ずかしくなるやつ。聞き返されて意味を説明する様な羽目になったら最悪。

「見習うべきか否か、微妙に迷いますね……」

「本人が長所だと思っていないことは確かだな」

……やめとこ。私、皮肉も詭弁も屁理屈も大好きだし。

「して、その父上はいったいどこに？」

陛下に挨拶した時までは一緒にいたのですけども途中でどこかへ行ってしまいました。

「言ってなかったか……今は宰相殿と会談中だ。リットン子爵の件でな」

ああ、そういえば。そんな話もありました。報告したきりで続報もありませんでしたし。

まあリットン子爵領は扱いが難しいのはわかりますが、そろそろ憂いは断っておかないと。

万一の事態で真っ先に被害を受けるのは隣接している義姉上のいるナイトレイ伯爵家や、私たちアブソルート侯爵家なのですから。

「………なにか、まるめ込まれてないといいですけど」

「ルドルフも一緒だから大丈夫だろ。……たぶん」

父上は交渉事に弱いので不安。相手がなー、悪いですよねー。

王国史上初の完全叩き上げ宰相ですからねー。

「あの人怖いんですよ、特に目が」

「そうかぁ？　確かに病的なまでにストイックなところはあるが、平等で公平な人だぞ」

「平等で公平に人を嫌ってるんじゃないですか」

陛下の下を訪れた際、近くに控えていた宰相とは直接話をしたわけではないですけど、氷のように冷たい視線を私たちに投げかけていたのを覚えています。

宰相という職業柄、そういった視線になるのも仕方ないことかもしれませんが。

「あー、いや言われてみればそうかもな。俺もあの人が笑ってるところとか見たことねぇな。そもそも鉄仮面過ぎて何考えてるかわかりゃしねぇ」

ですので、怖いのです。さも当然のように地方貴族に負担を強いては『必要な犠牲でした』とか素知らぬ顔で言いそうな気配がします。いやそれで正しいんですけど宰相としては。

強いられる側としてはねぇ……。

「……まあ、あんまり心配するな。戦争にはなんねぇし、させねぇよ」

兄上が私の頭をポンポンしながら見透かしたように言います。情報将校はそのためにいるのだと、安心させるように優しい声で。

なので私はその手を両手で摑んで上げてにやりと笑って見せる。

「でも私の方が情報の質も量も多いですよね？」

「はっはっはっ、言いよる」

「あいたたたたっ!?」

アイアンクローは、アイアンクローはやめてよ兄上!!

周囲から見れば頭を撫でてるように見える辺りやり口が汚いよ兄上!!

図星を突かれて暴力で返すとは大人げなし。

「まだ挨拶回り終わってねぇんだから、次行くぞ」

「うぐぅ……次は良い人ですかね?」

「西側派閥」

「うへぇ……」

どうして嫌味を言われに挨拶に行かなきゃいけないのだろう。

殴っちゃったらどうしよう。バレなければ大丈夫かな。

ウィル兄も言っていたし。

「気に食わないからって殴んなよ? ここまで我慢したんだから最後までだ」

しかし、ジロリと睨まれ牽制される。

なんですか、エスパーですか。

「むぅ……甘いものでも食べないとやってられません」

歩きながら会場に用意されているお菓子を一つつまむ。

じゃりじゃりとした食感で砂糖の砂糖による砂糖のための砂糖の独壇場という味がした、あまり好きじゃない。市井のお菓子の方が繊細な味で美味しいのはどうかと思う。

砂糖がもったいない。

「不味《まず》そうに食うな……」

「不味くはないです、美味しくないだけ」

同じようで大きく違う。

「明日、J・J・Jの予約をしてるからもう少し耐えてくれや」

「本当ですか!?」

「父上がな、そんぐらいのご褒美はあって然るべきだっつってな」

なんということでしょう。もーそういうことは先に言ってくれないとー。

何を食べましょうか。保存の利かないスイーツをでき立てほやほやの状態で食べられるなんて、
恐・悦・至・極。

まったくそんなご褒美もあるのでしたら陰険クソ野郎の相手なんて十人百人バッチ来いですよ。

どのような罵詈雑言にも接客業もかくやというスマイルをご提供してみせましょう。

(ちょろいなーこいつ……)

「でも兄上、私がお菓子でいつでもどこでも釣れると思わないでくださいよ」

「エスパーか。つっても釣れなかった例《ためし》がないだろ」

「あえてです、あえて。あーえーて」

「へいへい」

「いやぁ……余裕でしたね」

対立派閥も仲良しグループもひっくるめて挨拶回りが全て終わった。

お菓子のこと考えてたらもう勇気凜凜、元気潑剌、余裕綽々《しゃくしゃく》、意気揚々である。

正直何を言われたのかもまるで覚えていない。

「……いやまあ、そりゃあ、あからさまに不機嫌な顔されるよりはマシだけどよ。『ほほ、小鳥がなんぞさえずりよる。ふふふ、愛《う》い愛い』みたいな表情もそれはそれで良くねぇぞ。完全に引き攣ってたからなおっさんたち」

渋い顔で咎められる。まったく、殴るなと言ったり笑うなと言ったり注文の多い人ですね。

「まあまあ終わったことは良いではありませんか。こうして全て恙《つつが》なく終えたのですから」

「恙なくねぇ……。やたらと相手の夫人や子供の名前を間違えたのはなんでだ。お前、記憶力良かっただろう」

「……世の中には知らぬ方が良いこともありますよ、兄上」

「……社交界ってのぁ、怖ぇなぁ……」

大丈夫ですよぅ。ちゃんと西側だけ狙い撃ちしましたし、それで無礼と怒られもしなかったでしょう？　ノープロブレム!!

見てください奴らの顔を。猫に喧嘩売ったと思ったら虎だった時の狐みたいな顔してますよ。

そんな光景見たことありませんが。

「いいから早く義姉上のとこ行きましょ――」

などと言おうとした時。

「ジョォオオオオオオ!!」

そのような絶叫が聞こえてきました。

隣を見上げれば顔に影の差している兄上、振り返ればこちらへと走ってくる見知らぬ男。

「え？」

「死ね」

「のどぉわっ!?」

そしてそれを迎え撃つ兄上の喉輪。

クリティカル。上下に逆方向の力が働き、哀れ男は一回転。くるっと回って床にうつ伏せで倒れ込んだ男を、兄上は心底冷たく見下した後に視線を外しました。

「行くぞサクラ」

「え？　え？」

スタスタとその場を後にする兄上に、私とその周辺にいた人々は呆然としたまま固まってしまいます。鳩が豆鉄砲を食ったよう、というか、鳩が豆鉄砲を撃った姿を見たような。

おおよそありえない光景。私にも、問答無用の暴力は振るわないイメージがありましたのに。

「あ、兄上ぇ……？」

「見るな、目が汚れる」

止まってしまった私の手を取って兄上が引っ張り歩く。その顔には今日一番の不快感が滲み、焦りと吐き気の入り混じったなんとも複雑な表情をしていました。

「ああ、先に言っとく。あれは一応、俺の同期だ。だけどそれ以上でもそれ以下でもない。何を言われても信じるな。俺はあれが嫌いだし、フィクションによくある『冷たい態度は友情の裏返しで本当は唯一心を開ける気の置けない親友』なんて設定は断じてない、断じてだ」

「は、はい……」

いつにない強い語調に気圧されて、わけもわからず頷いてしまいます。

でも、あの兄上がそう断言するにはそれ相応の理由があるのでしょう。

だからっていきなり喉輪はどうかと思いますけど。

それに――

「そうとも!! 私はジョーの親友などではない!! なぜなら私たちの関係性はその程度の安っぽい言葉で語れるようなものではないのだから!! 即ちそれ以上の強き縁で結ばれた運命共同体にも似た存在!! そう我こそは!! 鬼才と名高きジョー・アブソルートと長きに亘り鎬《しのぎ》を削り、覇を競い合った生涯の宿敵!! 同じ貴族の嫡男として同年同月同日に地上に舞い降りた生まれながらの好敵手!! そしていずれ奴の義兄となる男!! ロイド・ナイトレイその人である!!」

――こう言ってますが。

「…………」

兄上は額に手を当て、目を閉じて沈黙している。頭痛が痛そう。

大変気まずい雰囲気の中で、おずおずとですが私が尋ねます。

「えーっと……つまりはジェシカ義姉様の兄君様？」

というか回復早いですねこの人。結構イイの入ったと思うんですが。

「その通りだ可愛らしい……いや美しいお嬢さん。初めましてかな？　俺はロイド、ジェシカの兄だ。君が噂のサクラちゃんだね、よろしく!!」

私の背に合わせて少しかがみながら、金髪の偉丈夫は爽やかな笑みと共にその右手を差し出してきます。

それに合わせて、これはご丁寧にどうもと私も握手に応じようとしたところ、間に入り込むようにして兄上に遮られる。

「俺の妹に気軽に触れてくれるなよ、スカシ野郎が」

「おいおい、そう邪険に扱うことないだろ兄弟」

「黙れ、名誉棄損で訴えるぞ」

「義姉上の兄上……つまり私の義兄上……？」

家族が増えるの？

「その通──」「違う」

「違うの!?」

食い気味に言われた。

「いいかサクラ、こいつは天上天下唯我独尊、世に並び立つ者はいない三国無双のクソ野郎だ。絶対に近づくんじゃないぞ、臓腑が腐る」

臓腑が。

「兄上、この大陸の国は四つです」

ちなみに軽く説明すると、全てがスタンダード・ドゥーリンダナ王国。拡張主義の軍事国家・ジュワユース帝国。お金大好きな豪族の寄合・マッカゼ連合。要害鉄壁の引き籠り・アイアス公国。の四つ。

「細かいことは気にするな」

ふむ。言うほど細かい？

「ったく、なんでここにいるんだお前、仕事はどうした」

「ジェシカから君が一向に会わせてくれないサクラちゃんが来ると聞いてね。仕事は部下に投げてきたのさ」

「上官には俺から報告しておく」

「それは本当におやめください」

それはそれは綺麗に腰を直角に曲げるロイドさんとやら。

なんというか、基本的に誰に対しても誠実な兄上が他人に対しここまで露骨に悪し様な態度を取るのは珍しいので、やっぱり本当は「友情の裏返し」なのでは、と思ったり思わなかったり。

独特なテンションですがそう悪い人には見えませんし。

「騙されるなよ、こいつは学園時代に最高九股していたような奴だ、刺されそうになった回数は一回や二回じゃない」

「あー……」

そういうタイプのクズでしたか。

「それは違う、相手が勘違いしたんだ。私の愛は皆のもの、誰か一人の器に収まるような大きさではないのだから」

「なっ？　クズだろ？」

「理解です」

こいつぁひでぇや。でも九股ってすごいですね、それだけ人に好かれるにはやっぱりある種のカリスマやブレーキのぶっ壊れた度胸。女性の扱いにおけるペテン師級の器用さに加え、九人同時進行を可能とするいらんところで冴えわたる頭の良さ。

そしてなによりそんなことをしても良心がまるで痛まない自分への優しさ。

人間パラメーターの五角形でかそうですね。

……いや、やっぱ顔だけかもしれません。

「どうだいサクラちゃん？　俺と危ない遊びでもしてみないかい？」

「妹に寄るなって言ってんだよ下半身男!!　教育に悪い、サクラはまだ十三歳だぞ!!」

「…………十三歳？」

「おう」

「……十六歳じゃなくて？」

「十三歳です！」

サクラサーティーン、狙った獲物は逃がしません。

そう言うとロイドさんは顎に手を当てて「いや確かに身長も……」とか、よく聞き取れませんが
ブツブツと呟きます。

「よし、では三年後にもう一度誘うことにしよう」

切り替えが早い。それに、今の十六歳云々もそういう手管っぽい？

慣れてますなぁ……。

「二度と同じことが言えないようにその喉笛掻っ切ってやろうか……」

私を後ろに庇いながら、グルル……と獅子や虎のように威嚇する兄上。

そんなにこの人が嫌いなのだろうか。しかし、心配してくれるのはありがたいのですが杞憂とい
うかなんというか。

「兄上、兄上」

服の裾をくいくいっと引っ張る。

兄上が「なんだ？」と振り返ったところで、ロイドさんを指差しながら言います。

「私、あの人のことスシ」

「…………」

すると兄上はロイド殿の方に向き直り。

「はっ」

鼻で笑った。

「なんだかよくわからないがディスられたのか、私は？」

会話を理解できていないロイド殿。しかし微妙なニュアンスを感じ取ったのか怪訝そうに言った。

「気にすんなスシ」

「スシってなにかな!?　スキじゃないのかい!?」

「寄るな下郎、死臭が移るって意味だ」

「スシにそんな意味あるぅ!?」

なんというか優雅なザ・貴族って感じの見た目の男性ってなにか気に食わないんですよね。

こう、後ろから刺したくなるというか。刺したことないけど。

やっぱりこう眼帯で、傷だらけで、彫が深くて皺が濃く、声はしゃがれて、髭が豊か、眼光鋭く威厳のあるロマンスグレーとかがいいですよね。うん。

「でもまあ、この女誑《たら》しは一応三年以内に前科付けとくか」

「私が犯罪に手を染める前提で話さないでほしいな!!」

「叩けば埃の出る体でよく言う……主に女性関係で」

「…………」

顔を逸らして無言になるあたり事実らしい。

「あら、女誑しなのは兄様だけではないのでは？」

「え」

「あっ！」

後ろから涼やかな声がからかうように。私と兄上は声を上げました。

「義姉上!!」

そこにいたのは、冬の銀世界を想起させるような儚げな美女。

「ジェシカ……」

「義姉上!!　お久しぶりです!!」

「ええ、久し振りねサクラ。ドレス、とっても似合ってるわ」

「ありがとうございます義姉上!!　義姉上もすごくお綺麗です!!」

控えおろう、このお方をどなたと心得る。恐れ多くもかの高名な『輝く美貌』のジェシカ・ナイトレイ伯爵令嬢なるぞって感じ。

約三か月ぶり、我が家のお茶会に招いて以来の再会。その後、帝国関連でちょっと忙しくなったからあまり会えなかったのですよね。

「それに、女誑しのジョー・アブソルート様も」

続いてニッコリと兄上に笑いかける。笑っているけど笑えない。そんな雰囲気の義姉上に兄上はぎくりと、たいそう沈痛な面持ち。

「まさか兄上!?　こんな綺麗な義姉上がいながらどこの馬の骨とも知れぬよその女に手を!?　兄上の目はそこまで節穴でしたか!?　最低です!!　不潔です!!　そこの義兄上（仮）と一緒に豚箱に行

くべきです!!」

「そうだそうだー」

「最近ぐんぐん好感度下がるなー……」

「ついでに私も一緒に殴るのはやめてもらえないだろうか」

義姉上を悲しませるなんてこれは身内じゃなかったら社会的に殺すレベルですよね。

さっきの公爵みたいに。もう二度と社交界来れないねぇ、みたいに。

「大丈夫ですか義姉上？　この愚兄が嫌でしたらウィル兄ととりかえましょうか？」

「おいおいおい、それは冤罪だ――」

「シャラップ!!」

「えぇ……」

被告人は黙っておくように。

「ふふ、大丈夫よサクラ。最近はまともだから」

「最近は……？」

つまり昔は女誑しだったということで？

ギルティでは？

「昔は大変だったのよ？　私は学園では一年しか一緒じゃなかったのだけれど……ご飯の約束をしていてもいつも女の子ひっかけながら私の前にやってくるのよ？　睨まれるし、妬まれるし、嫌われるしでもう……」

「はぁー？　最低ですね」

「いやだから……」

「学園中にジョーの恋人を名乗る女が続出、私は呼び出されて脅されたり、捨てられたって噂されたり笑われたりね、散々だったわ」

「死んで詫びるべきでは？」

「さっきから当たり強くないか……？」

だって起死回生の一発（詫び菓子）があったといえども、直近打率一割のクソバッターですからね今の兄上。９番打者ですよ、ピッチャーの後ろ。

「まあまあサクラちゃん。要するにジョーは恋愛に関しては不器用なくせに相手に対して無駄に誠実だからよく女の子を勘違いさせちゃってたんだよ、そこはわかってあげてくれたまえ？」

「は？　義姉上という婚約者がいるんですから一切の容赦なく斬り捨てるべきでしょうが？　誰ですかその女は？　名前は？　家は？　ちょっとまともな相手と結婚できないよう情報工作してきます」

「Ｏｈ……」

「それには及ばないわ、ちゃんと私自ら〆《しめ》ておいたもの。主犯は特に……ね。確か家名はアンダーソンとか言ったかしら？」

「さっすが義姉上！　そこに痺れる憧れるぅ！」

黒い笑みすらお美しい。

どっかで聞いたことのある名前な気がするのは多分気のせいでしょー!!

男性陣はなんとも言えない顔をしてた。けっ。

「それに比べて兄上。義兄上を糾弾しておきながらこの様とは……人の振り見て我が振り直せという言葉を知らないのですか……」

半眼で兄上を見たあとやれやれと首を横に振る。これだからイケメンは……。

「こいつと一緒の扱いだけは納得できねぇ……」

「しかし、お前の処理の拙さは擁護のしようがないほどに酷かったぞ？　時にははっきり言うことも優しさだというのに無駄な希望を持たせておきながらそれを砕くなど……」

「そうだそうだー」

「優柔不断のこのこんにゃくやろー」

「なんだこの言われようは……」

自業自得です、こんにゃく。

「あら？　あなたも何か言うべきなのではなくて？」

「え？」

「そうです！　どんくさいですね兄上！」

「えぇ……」

「確かに男として落第て――あっぱぁ!?」

「お前は黙れ」

ロイド殿にアッパーカットを決めた後、兄上は遠慮がちに義姉上を見てから上を向いてなにやら思考する。少し経って何かにはっと気づいた様子。

遅い。

「えー……あー……その……」

ただ、照れがあるのかはっきりとしない。

義姉上と目を逸らしてあーうーと呟くだけで、煮え切らない態度を見せる。

「……」

それを義姉上はニコニコしながら見ていた。

楽しそうでなにより。

しかしこのこんにゃくはたまなしですね。

「その、なんだ……」

「ピッチャービビってる！」

へいへいへい！

「ピッチャービビってる！」

「「へいへいへい！」」

ロイド殿がノッてきた。

「「ピッチャービビってる！」」

「「「へいへいへーい！」」」

義姉上も加わった。はよ投げろー。

「じゃかしいわど阿保！　黙ってろ！」

「らりあっ!?」

怒った。まごついてる自分が悪いくせに。

そして会心のラリアットがロイドさんを穿つ。

「逆ギレしましたよあの愚兄……」

「みっ、見苦しいな……」

「器の小ささが知れるわね……」

「聞こえてんだよ！」

短気なの良くないと思う。

とはいえ雰囲気というのもあるのでそろそろ黙ることにする。

お口チャック。そしてしばしの沈黙の後、意を決したように口を開く。

「ジェシカ……その、ドレス、すげぇ似合ってます……えっと、惚れ直しました……」

「なんで敬語？」

しかしまあ、しどろもどろになりながら顔を真っ赤にして言うのですから本心からの言葉なのでしょう。語彙の少なさは気になりますが――

「ありがとう。ふふ、あなたも素敵よ、ジョー」

――言われた方が嬉しそうならまぁ及第点でしょう。

そっぽを向く兄上でしたが耳まで赤いのがまるわかりです。

「ウィル兄もピーター兄もこういうのはさらっと言えるのになんで兄上はこうへたれなんでしょう？　仕事してるときは格好良いのに」

「ぐっ……」

「我が妹はこう見えていじめっ子だからね、昔からよくからかわれるものだからすっかり上下関係ができ上がってしまっているのだよ」

ロイド殿が説明してくれた。

「でも義姉上はとっても優しいですよ？」

「そうよねサクラ。兄さんたらひどいこと言うわよねー？」

「ねー」

「これは、まいったな……」

苦笑するロイド殿。

「そういえば義姉上！　義姉上も一緒にＪ・Ｊ・Ｊに行くのですよね？」

「ええ、ティシアとご一緒させてもらうわ」

その返答に思わず小さくガッツポーズ。ちなみにティシアは義姉上の妹さんなので私にとっては妹のようなもの。ということもなく、引っ込み思案な性格のようであまり話したことがない。

そもそも数度挨拶したことがある程度で、その時の雰囲気は周りに知り合いのいないときの私によく似ている。義姉上のドレスの後ろに隠れて裾を摑んでいる感じ。

せっかくのなのでこの機会に仲良くなりたいものです。

「そういえば、そのティシアは？」

「ああ、ティシアなら王太子殿下にプレゼントを渡しに行ってるよ。今日のパーティーの主役は子供たちだからね」

なるほど、真面目ですね。顔以外見るところがない気がしますけど、あれ。

「サクラはもうプレゼントはお渡しになったの？」

「あー……」

あまり義姉上に不真面目なところは知られたくないというか、なんというか。

「こいつは横着してプレゼントをこっそり置いて逃げてきたんだよ」

すると横から兄上が私の頭を手で押え付けながら言う。

「兄上！　言わないでくださいよ！」

「事実を言って何が悪い」

「うーん……さすがに挨拶もせずに帰るのは不味いんじゃないか？」

「そうねぇ……サクラは話題にも挙がっているし立場もあるしで、相手の心証も悪くなるかもしれないわ……」

「むぅ……」

巡《めぐ》り巡って兄上の仕事が増えるとかなら構わないのですが、義姉上にもこう言われてしまってはなんだか悪いことをしているような罪悪感が。

……ええ、行かないと駄目ぇ？

「正直に言うと、ティシアを一人にするのも不安なの。サクラ、王太子殿下への挨拶のついでにあの子の様子を見に行ってもらえないかしら？」

「…………………はい」

「すげぇ微妙な顔したな」

うるさい。

閑話・四天王会議3

えー、毎度お馴染み薄暗い石室に小さな円卓。四つの椅子には三つの空席。

そして、たった一本の蠟燭だけが灯っています。

唯一席を埋めているフードの人物は、その寂しい光景にほっと息を吐くと、珍しくそのフードを外しました。なんかもうアイデンティティの崩壊とかもうどうでもよかった。

出てきたのは少年然とした姿の――というよりもろに少年で。

蒼《あお》い髪と碧《みどり》の瞳、幼いながらも整った中性的な顔つきと小柄な体軀。

彼こそはグレイゴースト四天王最後の一人にして、正真正銘齢十三の子供でもある「海のリキッド」でした。

彼は、疲労と諦観を押し殺したような表情で自嘲気味に笑います。

「フーがやられたようだな……」

「奴は四天王最弱……」

「王国の猿共にやられるなどグレイゴーストの面汚しよ……」

ちなみに一人三役。とっても律儀なリキッド君である。

「って馬鹿!!」

円卓を叩いてノリツッコミ。赤く腫れた手が痛い。

「もう一人しかおらんがな!! 壊滅やがな!! こんな状況でこれ以上どないせーっちゅうねんアホちゃうか!? こちとら派遣やぞ!? 給料もめっちゃ中抜きされとんのにこんな安月給で命まで捨てられるかいな!? 死ね!! 死に晒せ!! なにがグレイゴーストや!! なにが三傑や!! かませ臭しかせぇへんやろがい!! お前らだってどうせ三行でやられるわダボハゼェ!!」

優等生口調をやめキャラクター崩壊。ガルブレイスという名札の付けられたぬいぐるみをサンドバッグにしながらリキッド君は叫びます。

そう、何を隠そうリキッド君は帝国人材派遣センター（裏）から出向している派遣暗殺者だったのです。四天王歴はまだ二年。ちなみに消息を絶った「雲のフー」は同じセンター出身の先輩にあたります。

そして三行どころかゼロ行でやられた「炎のシュナイダー」はその辺の喧嘩が強かったチンピラ。真っ当な暗殺者だったのは「風のガルブレイス」だけです。

「今時愛国精神論だけで戦争に勝てるかっちゅー話ですわ。そんなんやったら誰も苦労せーへんわボケ。なんやねん、そんなに特攻大好きならお前らから死ねや、こっち巻き込むなや、ほんまくそ。もーやる気のーなった。退職や退職ぅ!! ちょっと会社辞めてくるってやつやわ。アブソルートとかもうどうでもええねん。次の任務終わったら退職届をぉゴーッシュー!! ってしてやっからな覚悟しとけよ!!」

などといきり立ちながらリキッド君は遠出の準備をします。
目指す先は王太子殿下の誕生日パーティー。
ふっと、最後の蠟燭が消えました。

キャットファイト

少し嫌な話をすると、ナイトレイ伯爵家とリットン子爵家というのは王国貴族でも異端の部類に入ります。

また私たちアブソルート侯爵家を始めとする東方貴族同様に西側派閥の貴族家からは蛇蝎《だかつ》の如く、とまではいきませんがそれに準ずる程度には嫌われています。

その経緯は遡ること十五年ほど前――まあ私はまだ生まれてないので詳しくは知らないのですけど――祖父がまだご存命だった頃。当時の国王陛下は積極的拡張主義を唱え、やたらと隣国に喧嘩を売っては、同時に幾つもの戦線を抱えていました。

同じく大陸四強である帝国は言うに及ばず、連合や現在は同盟国である公国とも険悪以上の関係だったそうです。

当然の話ではありますがそんなことをしていては国も民も保つわけがありません。

確かに国土は広がりましたがそれ以上の速度で国力は疲弊し、遂には限界に達しようかという王国。やがて、最後の戦が始まりました。

その相手であり犠牲者の名前はネオロア霊国。国土の大部分を山脈に囲まれていた、中規模の宗教国家であり、実を言えばナイトレイ家とリットン家は元々霊国の将家でした。

これは詳細を省きますが結論だけ言うと戦争の末期、両家は霊国を裏切りました。

ですが、擁護するとそれは我が身可愛さによる保身に走ったゆえの行動ではありません。

一般には圧倒的戦力差によって敗色濃厚な状況を前に、無謀な徹底抗戦を叫ぶ上層部を見限りクーデターを実行した、と言われています。しかし、そもそも当時の王国は満身創痍だったのでそこまで大きな差はありませんでしたし、帝国の援軍が間に合えば勝敗はわからなかったでしょう。ですので両家が決断したのは泥沼の長期戦を避けるため、これ以上無駄な血が流れるのを忌避したからでした。

両家の当主は自分たちの命を差し出す代わりに、降伏と国民及び当時まだ幼かった「教主様」の助命を王国に乞いました。

今なお暴君と呼ばれている当時の国王は過激な性格で最初これを拒もうとしました。が、時を同じくして王国でもクーデターが発生。あっさりと、暴君は断頭台の露と消えました。

そしてクーデターの首謀者であった王太子フリードリヒ二世がその跡を継いだのです。

これが今の賢王と呼び称される国王陛下です。

その後、外交力に優れていた陛下は知恵とハッタリで各地各国と停戦協定を締結。特に対帝国の協定内容など今読むとほとんど詐欺同然だったりしますが、とかくあの手この手で戦争終結に尽力されました。

その時点では中身のない巨人だった王国ですから、そこに並々ならぬ努力があったことは想像に難くありません。

当たり前ですが霊国の要望も受け入れることになりました。

余力のない王国は停戦の方向で考えていましたが霊国はその時点でほぼ国として機能しておらず、解体し王国に併合することが決定。

ここにネオロア霊国は正式に消滅しました。

されども、やはり王国に霊国全土を統治する余裕などはなく、陛下はナイトレイ家とリットン家を便宜上王国貴族として取り立てて、幾許かの援助と共に占領地の半分の統治を丸投げ。

以来宗主国と属国のような関係で、現在に至るまで王国の管理の手は行き届いていません。

また占領地の残り半分はアブソルート侯爵家に組み込まれているのですが、やはりと言うべきか元霊国民の王国への反発は強く、その後十年以上に亘り多大な苦労を強いられることになったのですがここでは割愛。

つまりですが、ナイトレイ伯爵家とリットン子爵家は王国貴族ではあるが王国貴族ではないとも言える。らしい。貴族の考えることはよくわかりません。

一連の流れに対し直接の関与がない一部の西側貴族はこのことを理由に「信用ならない裏切り者」や「劣等民族の残党」などと言って両家を見下す傾向にありますし、対して武力を以て祖国を滅ぼされた形の元霊国側からしたら「そんな理不尽な謂われがあるか」と怒り心頭。

結果、めためたに仲が悪い。

その状況を案じた父上とナイトレイ伯爵は、兄上と義姉上の婚姻によって結び付きを強くしようと考え、今のところ一定の成果を上げています。

一方のリットン子爵は融和派の伯爵とは違い、口にこそ出さないものの王国大嫌いオーラがぷんぷん。加えてご存知の通り怪しい動きが確認されています。

リットン子爵領は帝国に近い分、警戒が必要です。

――などと長々と説明してみたところで本題。

ナイトレイ伯爵家次女、ティシア・ナイトレイ様が見当たらない。

見当たらないったら見当たらない。殿下周辺の人だかりは依然として衰えたりしていませんがそこに紛れ込んでいる気配も無し。

して、このまま兄上の所に一度戻っても良いんですけど、任務未達成での帰還はなんか癪。非常に癪。というか普通に嫌な予感がします。

おそらくは至極テンプレートなイベントが発生しているものと思われます。具体的には皆まで言うなとの声が聞こえた気がするので言いませんけど。

でもこういう時ってさ、王太子殿下みたいないけ好かないイケメンたちが颯爽と登場して癇に障る歯の浮くような台詞を吐きながら一応の解決――しかしその場しのぎ――を見せるパターンじゃないですかと思って会場を見渡したところ、主な高位貴族のお坊ちゃんたちは全員会場にいた。

では身分の上の貴族令嬢たちにも怯まぬ気骨のある勇士が現れたり……というのも期待してみましたがそのような人物もいない様子。

察するに会場を出て中庭の方に八人ほどの人の気配を感じるのですが、正直行きたくないっていうのが本音ですよね。

ほら、この年頃の貴族令嬢って半分くらい惑星外生命体みたいなものじゃないですか（偏見）。常識が通じないし、話が通じないし、言葉が通じないし、心も通じないし、ぶっちゃけ猫の方が頭良いですよ。チーちゃん未満。以下ではなく未満。チーちゃん大なり令嬢。

ですが未来の義妹を見捨てられるほど私は腐ってはいません。ナイトレイ伯爵家に喧嘩を売るということはつまりはアブソルート侯爵家に喧嘩を売っているのと同義。

ここで一度我が親愛なる兄ウィリアム・アブソルートの言葉を思い返してみましょう。

『舐められたらぶちのめせ、心も体もへし折っちまえ』

はい。

ということで装備の確認です。

口の中に硬糸、ポケットの中に硬貨型の暗器、ドレスの下に苦無、手首に針、靴に仕込みナイフにその他小道具と——兄上には一切内緒で——色々持ってきましたからね。

１００ｍを10秒切れないような運動もろくにしたことのないご令嬢（笑）には些かオーバーキルな気もしないことはありませんがたぶん大丈夫でしょう。

しかし若干気になることが一つ。

なんか妙に手練れの匂いがどこからかするんですよね、中庭とは逆方向、城内のどこからか。私からしたら雑魚ですけど、パンピーでは相手にならない感じの。

王城ですからその程度なら幾らかはいてもおかしくないんですけどやけに気が立っているという

か刺々しい雰囲気を微かに感じます。

でもまぁ、たぶん兄上よりも弱いですしどうでもいいかなって。

さーて、どんな登場の仕方がいいですかねー。


自分の家があまり好かれていないというのはなんとなく感じていた。

パーティーやらなんやらに出席する度に私の周囲では重苦し雰囲気が流れて、終わった後は兄様も姉様も決まって疲れたようにため息を吐く。

いつだって心の中の天気は曇り模様、酷い時は土砂降りだ。

雨降って地固まるとはよく言うけれど、いつまで経ってもちっとも晴れないいんだから固まるはずもない。

だから、社交界は嫌いだった。

だけどたまに、兄様のお友達で姉様の婚約者であるジョー・アブソルート様にお会いすると、本当にその時だけは、雲間から太陽の光が差した時みたいにパッと二人の顔が明るくなるので、いつも一緒にいてくれたらなぁって思う。

でも、私自身はあまり仲良くできていない。

白黒ハッキリとした人だから、私の臆病で曖昧な性格が災いしてどうにも上手く話せない。いつも兄様か姉様の後ろに隠れてしまう。

しかしながら今日の私は並々ならぬ決意（当社比）を持ってこの誕生日パーティーに来ている。

正直王太子殿下にはなんの興味もないけれど。カタツムリの年間走行距離の平均ぐらい興味がないけれど。いやもう本当に欠片もこれっぽっちも興味は無いのだけれども。

私の本命はサクラ・アブソルート様である。ジョー様の妹さんで私の一つ上。

可愛いよりは美しいの形容詞が似合う美少女だった。彼女にあともう少しの身長があれば私のたった一つ上とは思えなかっただろう。その時にはとんでもない美女がいると驚いたに違いない。

姉様はサクラ様と仲が良いらしくとても優しい人だと紹介してくれた。

その際はあまり話せなかったのだけれど、姉様の後ろに隠れる私と同じようにお兄さんの服の裾を摑んで離さないサクラ様を見て私は直感した。

――お友達になれそう、と。これはお友達難易度のことではなくお友達適性の話だ。

きっとサクラ様も姉様のようにおしとやかで手芸とかが趣味の良い人だと私は睨んでいる。お互い引っ込み思案で上手く話せないだけで、打ち解けることさえできればきっと話が合うと思う。

まあその打ち解けるまでが難しいんだけども。

だって私は友達が少ないから。……ごめんなさい嘘吐いた。友達いない。

家柄の所為かお茶会とかほとんど誘われないし、そもそもお祖父様の方針で屋敷の敷地内からほとんど出してもらえないし、使用人の枠は全員かなりの年上で埋められてるしで、むしろどうすれば友達を作れたんだろう。わかんない。

だからこそ今日巡ってきたこのチャンス。私はやるよ、すごくやるよ。

なーんて、思ってたのになぁ……。

「ちょっと！　聞いてるのかしらあなた!?」

ヒステリックな声がして、無視をした。

そしたら水をかけられた。ぽたぽたと、そこかしこから垂れ落ちる。姉様が用意してくれたドレスが台無しだ。

パーティーの会場の外にある庭園。迷路のように整えられた草木で遮られ、会場の中からは見えないその場所で、なぜか私は顔も名前も家名も知らない七人のご令嬢に囲まれて、よくわからない理由でよくわからない糾弾をされていた。

理由を聞いてもわからない。お家を聞いてもわからない。名前を聞いてもわからない。

これには犬のおまわりさんもお手上げである。わん。

困ってしまってわんわんわわーんである。

正直、とても怖い。泣きたい。というか半泣き。

こういう時はいつも姉様か兄様が助け船を出してくれるのだけど、流石に社交界という大海原で一人遭難中の私にそんなもの来るわけがなく。

姉離れの初期訓練と言われたものの、最初の一歩がハードすぎる。

なんだよぉ……私が何かしたのかよぉ……別に何も悪いことなんかしてないじゃんかよぉ……。

「あなた自分が何をしたのか本当にわかってますの!?」

金切り声でギャーギャーギャーギャーギャー。

わかんないから聞いてんじゃんかよぉ……もっと懇切丁寧に教えてよぉ……こっちは社交界ビギナーなのに。初心者に優しくない業界は廃れちゃうぞぅ。

「黙ってないでなんとか言ったらどうなの！」

何を言っても怒るくせに。そういうのは正解の答えがあるときだけにしろよぉ……。

「相手の目を見て話すこともできないのかしら!?」

あなただってさっきから隣のリーダーっぽい金髪ロールお嬢様の顔色ばっかり窺ってこっち見てないじゃあないか。人の振り見て我が振り直せってことわざ知らないの？

自分ができないことを人に強制しちゃダメなんだぞぅ。

「わからない子ねぇ……なんて愚鈍で醜悪なのかしら。こんなのが伯爵令嬢なんて信じられないわ……。ねぇあなた、自分が貴族の品位を落としている自覚はあるの？」

愚鈍……ぐどん……ＧＵＤＯＮ……ＵＤＯＮ……うどん……ああ、うどん食べたい……。

おっと現実逃避しそうになってた。貴族の品位なんてどの口が言うんだ……。

自覚？　あるに決まってんだろバッキャロー!!　コンチクショー!!

私の自己肯定感の低さを甘く見るんじゃなぁい!!

「あなたごときがクラウディオ殿下に取り入ろうなんて烏滸がましい！　恥を知りなさい！」

「っ！」

頬に、鋭い痛みが走った。叩かれたのだ、手で押さえた場所がじんじんと痛む。

手ぇ出すか普通……。

そりゃあプレゼントを渡しはしたけどさ、義理じゃん。義理ですやん。

渡さなかったら渡さなかったで礼儀知らずと罵るくせに。個人的に少し話しかけてもらったのも、あんなの政治的配慮に決まってるでしょ。

自分が相手にされなかったからって私でストレス発散すんなよぉ……。

当然だけど取り入ろうなんてしてないし、あの殿下にはなんの関心も抱いてないよ。

むしろ自分に酔ってる雰囲気があって若干の気持ち悪さを感じたし、顔以外に見るべきところはなかったよ。顔は良かったけど。

「所詮売国奴の家系、卑しい性質は受け継がれているようね」

「それはっ！」

その言葉に、ふっと怒りが湧いた。

自分が生まれる前のことなんか知らない。だけど、お父様も姉様も兄様も、卑しくなんかない。

私のことを悪く言うのはいい……いや、よくはないけど。非常によくないけど。できれば可及的速やかに解放してもらいたいけど。でも、家族のことを言われるのはもっと嫌だ。

「媚びを売ることしか能がないのよ」

「姉が姉なら妹も妹ね、売女って言葉が誰よりも似合うわ。どうせジョー様も体でたぶらかしたんでしょうし」

「ほんと、汚らしい……」

「そっ――」

なけなしの勇気を振り絞って抗議の声を上げようとしたその時、強い突風が私たちを襲った。

草木が大きく揺れる音が収まった後、ゆっくりと目を開ける。

『え？』

するとそこには、桜色のドレスに翠色の髪の少女が一人。

ご令嬢の首を右手で軽々と摑み上げている姿があった。

こちらに背を向けているので顔はわからないけど、どこか見覚えのある艶やかな髪。

『なっ……なななななっ⁉』

「貴様、今なんと言った？」

狼狽《うろた》える私たちを無視して翠の髪の少女が低い声で問うた。相手は……えー……名前は知らないけど先ほどの三連発で二番目に喋ったご令嬢である。

現状を把握できずに混乱し、しかし首を絞められているので声もろくに出せずに苦しんでいた。

見れば、他のご令嬢たちも各々震えている。突如として現れた翠の髪の少女に、片手で令嬢一人を持ち上げる膂力に、言葉を失くしていた。

「いや、言わずともよい。私は確《しか》と聞いたぞ、我が兄への侮辱の言葉を。さてその罪、どう贖《あがな》ってもらおうか……」

翠の少女はそのまま芝生の上へと無造作に令嬢を放り投げる。

令嬢は受け身も取れずに痛みに悶え、また上手く呼吸ができずにゴホゴホとせき込んだ。

彼女は助けを乞うように周囲を見渡すが、誰も動かない。

いや、動けない。喉元にナイフを突きつけられたような威圧感がそれを許さないのだ。

「貴様らもだ有象無象。義姉上、そして義妹へよくもまぁ好き勝手言ってくれたものだ。覚悟は……まぁできていないのだろうが、早めにすることを推奨しておく」

「い、義妹って……あなた誰よ……？」

辛うじて混乱から少し立ち直った金髪ロールの令嬢が尋ねた。

義姉上、そして義妹。ということは……。

「ん？　ああ、これは失礼。……お初にお目にかかります、東方侯爵アレクサンダー・アブソルートが長女、サクラ・アブソルートでございます。以後お見知りおきを」

そう言って丁寧な、ともすれば丁寧すぎて芝居がかっており逆に小馬鹿にしたような印象を受けるお辞儀をする。

その翠の少女は、私の義姉――と言ってよいのかまだわからないけど――サクラ様だった。

なんだかこう、顔が熱く、そして赤くなるのを感じる。ヒーローみたい。

「アブソルート!?」

「箱入りって話じゃ……？」

「誰よ醜女《しこめ》とか言ったのは！　真逆じゃない！」

「またライバルが……」

「今の問題はそこじゃないでしょ!?」

「怖いから帰っていい？」

などと動揺するご令嬢たち。

一方サクラ様は堂々たる構え。

喩えるならば抜き身のカタナのような鋭さと美しさを感じさせる凛とした佇まいだった。

「そ、そのアブソルートが急になんだって言うのよ！」

金髪ロールが吠える。勇気あんね。

「わからんのか？　聞きしに勝る愚鈍さだな。喧嘩を売られたから買いに来た、それだけだとも」

「それだけって……あなた何をするつもりで……」

「何って……そりゃあナニだろうさ？」

口角を上げてにやりと笑う、とても怖い悪そうな顔だった。

「ひぃ!?」

未知の恐怖に怯える令嬢たち。

訂正、やっぱヒーローじゃなくてヴィランかも。ナニ、するんだろうねぇ……。

「わ、わわ、私は公爵令嬢よ……わた、私に指一本でも触れてみなさいよ、お、お父様に言いつけてやるんだから！」

体を震わせながらも毅然とした（？）態度で叫ぶ金髪ロールさん。公爵令嬢だったんだ、初めて知った。しかしサクラ様は、それを聞いても動じることなく逆に愉快そうに笑った。

「これは可笑《おか》しなことを言う、喋れる体で帰れると思っているのか？」

「え？」

「二度と世迷い言を吐けぬよう……その喉笛、掻っ切ってしまおうか」

そっと流れるように距離を詰め、耳元で囁く。

「〜〜〜！」

悪魔のようなその声に恐怖で固まった金髪ロールは、言葉を紡ぐことができず声ならぬ声を叫びその場にへたり込んでしまった。

そしてサクラ様は突然ノーモーションで右手を目にも留まらぬ速度で振る。

「ひぃいい!?」

目で捉えることはできなかった。

しかし、何をしたかはわかる。視界の隅でこっそりとこの場から逃げようとしていた赤髪の令嬢の足元に、どこから出したのか苦無が突き刺さっていた。

投げたのだ。たぶん。たぶんね。

「誰が逃げて良いと言った。これも何かの縁。折角私が二度と忘れられぬ出会いにしてやろうというのに……厚意を無駄にする気か？」

「いえ、あの、滅相も、その……」

その場に固まって半泣きになる赤髪の令嬢。

その、完全に死角でしたよねサクラ様？

そして、誰も動けなくなる。もちろん私も。ただ、今の私は誰の視界にも入ってない気がする、若干の疎外感が無きにしも非ず。

しかし、そんな中動いた令嬢がいた。

さっきサクラ様に放り投げられた令嬢である、名前を知らないので一先ず前髪パッツンゆえにパッツン令嬢と名付ける。

「ちょっとあなた!?　こんなことをしてただで済むと――」

怒り狂いながら詰め寄ろうとするパッツン令嬢、勇気ある。私なら怖くて動けない。

しかしながら台詞を言いきる前に。

「黙れ、貴様の発言は私が許可しない」

サクラ様は稲妻のように空を蹴り上げる。眼前に突き付けられた靴の先からは、薄く鋭い刃が飛び出していた。仕込みナイフというやつである。

「っ……ぁ……」

止まるしかなかった。

その蹴りの風圧は、離れた場所に立っていた私の体を吹き抜けるほどで、自分に向けられたものでなかったとしても震えあがってしまう。

「貴様、名はなんと言ったか……まあよい、覚える価値もない」

「…………」

ゆっくりと足を下ろし、地を軽く蹴ってナイフをしまう。

その場の雰囲気が僅かにだが緩みかけた瞬間に、サクラ様は首を曲げて下から覗き込むようにパッツン令嬢を見つめた。

光を失った暗い瞳で。

「今ここでは何もしない。だが貴様の顔と失言、私は覚えたぞ。もう一度先のような言葉を発してみろ、嫁に行けぬ体にしてやるからな……わかったか？」

パッツン令嬢は小刻みに震えながらやっとの思いで小さく頷いた。

「今の状態でもロクなもらい手がいるとは思えんがな」

嘲笑うかのようなその発言に、反論する者は誰もいない。

沈痛な面持ちで震えながらただ俯くばかり。

それをつまらなそうに見渡したサクラ様は、ふと思い出したようにポケットから一枚の硬貨を取り出した。どこにでもあるありふれたそれを掲げながら言う。

「これを見ろ、この硬貨を見ろ」

皆がその手に注目したところで、軽くその手を振った。

『っ!?』

全員が息を呑む。硬貨の上下から、小さな刃が出現していたのだ。

「この硬貨一枚でも貴様らの喉をズタズタに引き裂くには十分すぎるほどだ。忘れるな。私が見張っている。硬貨が見張っている。この硬貨がある所に私はいる。前を向けば後ろに、後ろを向けば前に、右を向けば左に、左を向けば右に、私はいるぞ。命が惜しくば、心を改め不用意な発言は避けることだ」

言い終えて背を向ける。ご令嬢たちは完全に打ちのめされたようで死にそうな顔をしていた。

サクラ様は、私の方に近づいてくる。

そして先ほどとは打って変わって明るく柔らかい口調で言いながら、右手を差し出した。

「久し振りですね、ティシア」

ニッコリと、快活に笑う。

それがどうにも、私は夢でも見ていたのではないかと思うほどに場違いな笑顔で。

私はもう。

「ひえ〜……」

差し出された手を握り返しながら、それしか言えなかった。

災難は山津波

「…………びっしょびしょですねティシア」

涙目のご令嬢たちが尻尾巻いて逃げ出した後の庭園。

ずぶ濡れのティシアにハンカチを渡しながら言います。

「バケツいっぱいの水を掛けられちゃって」

「それは……災難でしたね。すみません、私がもう少し早く駆けつけていれば良かったのですが」

非常に見るに忍びない。格好良い登場の仕方とか考えてる場合ではなかったですね。事件は現場で起こっているのでした。

後悔さんはどうして先に立ってくれないのでしょう。

「あっ、いえ、全然です。すごい……助かりました……」

「そう言ってもらえるとありがたいのですけど……その姿では会場に戻れませんよね、着替えはありますか？」

「えっ……と、ない、です……」

ティシアは顔を伏せて深刻そうな表情を浮かべます。

季節は春とはいえ夜は冷えますからこのままだと風邪をひいてしまうかもしれません。早急になんとかすべきですが、ここで目立つとまたなんと言われるか……。

「んー……乾かす方法もあるにはあるんですけど……まだ慣れてないから焦がしちゃうかもしれないんですよねぇ……」

私は「ふむ」と考える。新人召使いシュナイダーくん直伝の洗濯物乾燥術、まだ免許皆伝には至ってはいません。火加減がね、難しいんですよね。

「……?」

「城の者に言えば着替えもあるかもですけど……」

結局は城の構造上会場を経由するしか道は無いのです。

「あまり姉様や兄様に心配かけたくない、です……」

「そーですよね」

泣きそうな顔で、唇をかみながら耐えるティシアの姿は何と健気な。守護らねば。

といってもあの二人には今日のことを言わないわけにはいかない。

……まあ、とりあえず色々試してみましょうかね。

「うーん……今日いるかなぁ……」

言いながら私は指笛を『ピュイ！』っと三回リズムよく吹く。これは私の部下への合図。

王都にも二人ほど任務に就いてる娘がいたはずなのですが……ただ今日は特に連絡していないので近くにいるかはわからな――

「…………」

「ひえっ!?　誰っ!?」

——いた。ドヤ顔でサムズアップしてた。

足元から口元までの黒装束に身を包んだ、銀色の髪と褐色の肌が特徴の少女。彼女こそ警備部門・屋敷猫ならぬ諜報部門・野良猫のエース格。痛烈一閃矢の如し、ヘイリー・ベイリーその人である。

どんどんぱふぱふ。

ちなみに詳細は省くが幼少期の喉の傷が原因で喋ることができない。

「突然呼び出してすみませんね、ヘイリー」

「…………（首をぶんぶん横に振る）」

「さらに突然なんですがこの子に着替えのドレス持ってきてくれませんか」

私の予備を貸せないかなと。ティシアとはそれほど体格に差は無いので、多少の違和感はあれど誤魔化せる範囲でしょう。できるかな？

「…………（おけまる）」

できるみたい。

「あとタオルある？」

「…………（ドヤァ）」

あった。優秀。さすが最古参の一人。それをティシアに流れるようにパス。

「あ、ありがとうございます……」

「…………（サムズアップ）」

「できるだけはやくねー」

ヘイリーは現れた時と同様に影のように闇夜へと消えていきました。速い。身体スペックだけなら屋敷猫・野良猫の中でもダントツですね。

「あの、さっきの人は……？」

「私の部下のヘイリー・ベイリーです。今は王都での情報収集の任に就いています」

「はぇ……あ、じょ……えぇ？　あ、あの、つかぬことをお聞きしますけれど……サクラ・アブソルートさんでお間違い、ないでしょうか……？」

非常に恐る恐るといった風にティシアが尋ねてきます。

はて、先ほど名乗りは上げましたし何度か会ってると思うんですけどね。

「……………？　はい、サクラ・アブソルートさんでお間違いないですよ？　本格的に話すのは今日が初めてですね、改めてよろしくお願いします」

「……よろしくお願いします」

丁寧なお辞儀をしたティシアはどうにも納得できていないような顔で考え込む。なにやらぶつぶつと呟いてらっしゃる。

あっ、いま「影武者……？」って聞こえた。

ちゃいますよ？

「…………（スーパーヒーロー着地）」

「あ、帰ってきた」

「え、はやっ!?」

「…………（任意の決めポーズ）」

喋れない分、ヘイリーは体全体を使った感情表現が豊富。表情もころころ変わる。

そして手に持った袋の中には私の予備のドレス一式が綺麗に収まっていた。

「おー仕事が早くて正確です！」

「…………（コロンビアのポーズ）」

「あの……私、一人じゃ着替えられないんですけど……」

「大丈夫ですよ。ヘイリーの本業は侍女ですから心配ありません」

まあその本業がどうにも苦手だから屋敷の外で仕事していたりするんですけど。

「それじゃあティシア、手ぇ上げてください。ばんざーいって」

「は、はい……」

素直。

当然ながら更衣室に行くわけにもいかないのでここで着替えねばなりません。幸い遮蔽物は多いので誰かに見られるということもないのでしょうが……手早く済ませましょう。

「ヘイリー、行きますよ？」

「…………（敬礼）」

バッてやって、シュッとして、ギュッと締めて、デーンッとして完成。

僅か三十秒の早業。パーフェクトコンビネーション。ニンジャとはお着替えにおいても自由自在である。……え、なんか雑？　……ふっ、天才に理屈は不要。

「え、嘘……すごい……」

驚嘆するティシア。劇的ビフォーアフター、そこにはまるで生まれ変わったかのように美しくなったご令嬢が……ってわけではなくただ着替えて髪を整えただけですけども。

「ふっ、これぞアブソルート流御着替え術……」

そんなものないけど。

「ひえ～……」

「…………（むふー）」

ヘイリーもどこか誇らしげに鼻を鳴らします。

完全な無茶振りに完璧に応えたのだから、これは屋敷に帰ったらご褒美を上げないといけない。

とりあえずお菓子を分けてあげよう。

「サイズは大丈夫ですか？　どこかキツかったり……」

「ええっと……全体的にちょっとキツ――」

言い掛けて、ティシアが口を噤む。

「「…………」」

そしてお互い黙りこくってしまう。

そっか、小さいですか。……みんな体でかくて良いですね!!　私ちっちゃいもん!!

そりゃあ小さいのが有利な時も多々ありますけど、せめて平均は欲しい……!!

まあ、ないものねだりなんてしても仕方ありませんが。

「そういえばヘイリー、今日はどうして王城付近に詰めてたんです？　おかげで助かりましたけど」

「…………!!」

しばしの間の無表情のあと、ヘイリーは突然手をあたふたさせながら慌てだし、焦った顔をしながらハンドサインで必死に事情を伝えようとします。

手話、勉強中ですからスラスラできないんですよね、まだ。

「えー……灰色、幽霊……城、隠れる、可能性……首、斬る」

ふむふむ、グレイゴーストがこの城に潜伏していて誰かの首を狙っている可能性があると……。

「狙う、高い、偉い、家」

そして標的は高位貴族と。なるほど・にゃるほど・ニャルホドホテプ。

「早く言ってぇ!?」

「…………!!（あなた、困る、助ける、大事、忘れる）」

私を助けることの方が大事だから忘れてたと。

それは!!　ごめんね!!　でもそのアブソルート至上主義悪くないけど良くもないよ!!

「え、あ、はい!?」

「…………（バイバイ）」

急いでティシアの手を取って会場へと戻る。

王城の警備は強固ですが、元より入場制限のあるパーティーホールの内側には人員がそれほど配置されておりません。つまり入ってさえしまえば――まあそれが難しいんですが――中の警備はゆるゆるのガバガバ。もしかすると、もしかするかもしれません。

「おうサクラ、戻ったか」

会場に戻ると兄上が暢気に手を振りながらこちらに呼びかける。

ええい、この緊急時になんとお気楽ボーイ。

「兄上!!　誰か会場からいなくなったりしていませんか!?　高位貴族で!!」

「は？　え、な、なんだ急に？」

「目視!!　早く!!」

「……わかった」

一瞬戸惑った兄上ですが私が強い剣幕で押すと、すぐに目の色を変えて会場を見渡します。切り替えの早さ、良いです。私だと誰がいて誰が来ていないかを把握できないので。

「公侯伯子、今日呼ばれた家は全員会場にいる。男爵は……すまん、把握しきれん」

「私も見る限り同意見だ、高位貴族は誰も欠けてはいないよ」

「むぅ……」

まだ潜入されていないのでしょうか。というかそもそも成功する見込みの方が圧倒的に低い。

少々気が逸り過ぎましたかね。これなら後は怪しい人物がいないか注視するだけで済みそう――

「待って。一人、いないわ」

――と、思っていたところ義姉上が何かに気づかれました。

「殿下はどこ？」

ＤＥＮＫＡ……でんか……電荷？　伝家？　……殿下。

あれかー……。

「えっ、でもあれって――」

――ずっと子息令嬢たちに囲まれていたのだからいなくなるわけないのではと、先ほどまであったはずの人だかりの方を見る。

やいのやいのと賑やかなそれはなお健在。が、しかし。

「あるぇ……？」

よくよくそれを注視するとその中心にはいるべきはずの人間がおらず、円を形成する彼らは笑顔で虚空に話しかけていました。

えっ、なにあれ怖い。

「ちょっと、なにをやっているのですかあなたたちは!?」

急いで駆け寄ってからご令嬢を一人引き剝がし、問い質す。

『ワー、クラウディオデンカ、トッテモステキデスゥ』

「っ……」

けれど、目の前に対峙しているというのに彼女のその虚ろな瞳は、私を映してはいませんでした。

その口が繰り返すのは殿下を褒め称える二、三の定型文。

正気ではない。他の人たちも見た限りですが似たような状況でしょう。

「起きんしゃい!!」

「へぶっ!?」

ということで思いっきり平手打ちしてみる。こういうのは叩けば直るって偉い人も言ってた。

「え、わ、わたし、いままでいったいなにを……?」

あ、本当に直った。わんだほー。

「王太子殿下はどこですか」

まずはそれを知らねばなりません。

もう一度強く問い質すと今度こそその瞳は私を映していました。

「で、殿下がなに？　というかこれどういう状況？　そ、そもそもあなたは誰よ?」

「……ちっ」

ご令嬢は何も覚えてない様子。問い詰めたところで何も出てきはしないでしょう。

「すでにかどわかされたか……」

王太子殿下の誕生日パーティーで王太子殿下を狙ってどれだけ勇気あるんですか。

目立ちたがりか。目立ちたがりなのですか。成功すれば確かに皮肉が効いてますけどね。

……しかし、王太子殿下なぁ……。ワンチャン放置して次の王太子ガチャ回した方が良くないです？　……良くないですか。そうですよね。おっけ。

あれ、確か一人っ子ですし王妃様も三十五を越えてらっしゃいますからね。

死んだらまあ国が荒れますわなって感じ。

それに王城内で攫われたなんて何人の首が飛ぶかわかりません。

救える命がそこにある（責任問題的な意味で）のに目を逸らすというのはアブソルートの流儀に反します。あれも一回痛い目見れば変わる可能性が無きにしも非ず。

とはいえ武器がないんですよね。調子に乗って苦無投げちゃったのは痛かった。

でも、ああするとかっこいいと思ったんですよ本当に。うん、しょうがないね。

だからといって借りるにしても衛兵さんたちが私のような小娘なんかに刃物を貸してくれるはずもないですし……あ、そうだ。

「兄上!!　武器貸してください武器!!　どうせ隠し持ってるんでしょいつものごとく!!　ほらバンザイしてくださいよバンザーイって！」

「はおいなんだお前急にやめ、やめろぉ！」

「兄上うるさいです緊急事態なんです!!　……ほらあった!!　まったくスーツの下、背中に隠すなんて油断も隙もあったもんじゃないですね。衛兵にチクられたくなかったら私に貸してください、というか借ります。答えは聞きません」

兄上のシャツを毟《むし》ったところで現れた短剣を鞘ごとぶんどる。抜いてみると結構な業物だった。

こいつぁいい物持っててんじゃねぇか!!　もらってくぜ!!　って感じ、気分は山賊。

ともかく武器は手に入れた。

さすがに毒とか使われると徒手空拳は怖いですもんね。

ルドルフから絶対にやめろって言われたんだ。

「それじゃ兄上!!　ちょっと国を救ってきます!!　来たかったら来ていいですよ!!」

「おいちょっと待て!!　もう少し説明しろ!!」

「説明する暇が惜しいの!!　情報将校なら自分で情報集めろってんです甘えないでください!!　べーッだ!!」

「あってめぇ!?」

ノリでやっちゃったけどあっかんべーはやんなくてよかったかも。

まあいいや。

姿勢を低くして人目を掻い潜りつつ、全速で会場を走る。

そのときドレスが邪魔で走り難かったので剣で斬ってスリットを作ったら、ちょっと大きくなりすぎた。あとで母上に怒られるかもしれないけど、事情が事情のコラテラル。

会場を出て入り口で警護をしているはずの衛兵に殿下がどちらに行ったかを聞こうとしたら——

「寝てる……嘘でしょ……」

二人揃って眠りこけていた。それはもうぐっすりと。

こんなことある？　王城の兵士のレベル低くありませんか。

職務怠慢とかそういうレベルではありませんよ、弁護のしようがない。

「気配を探ろうにも王城だと……暗殺者なら既に気配遮断しているでしょうし……」

広い、人が多い、実力者もいる、だと察知するのは難しいんですよね。

ハンスとかならできるんでしょうけどさすがに私は人外ではないので無理みが深い。

でも迷ってる時間はないんですよね。いや迷うことにやぶさかではないんですけど。

「はぁ……疲れるからやりたくないんですけど、走りますか……」

かつてルクシア様が得意としたという速さの暴力、人類最速のローラー作戦。

どこにいるかわからないなら全部回ればいいじゃないの精神……!!

「おいっちにーさんっしー」

準備体操しないと怪我するから入念に。

「よし！」

さあ!!　野原を駆ける疾風の如く!!

「行っきまっすよぉー!!」

対決!!　海のリキッド!!

普通の人間に生まれたかった。

こういう催しが開かれるたびに、そう思う。

他人は王太子という地位を羨む。約束された明るい未来を、湯水の如き財力を、誰も逆らえぬ権力を、自由を、殊更強調して妬んでくる。

だがそれは勘違いだ。王族に自由などありはしない、代われと言うなら幾らでも代わってやりたいぐらいだ。

当然、そんなことできるはずもないが。

王太子を形成する全ては鋳型に嵌めて作られる。求められる理想像へ。

王太子の行く道は全てにレールが敷かれている。無駄のない人生をと。

自由など何一つない。

規格から外れることが怖い、レールを外れることが恐ろしい。

もしそうなった時、自分の存在意義をすべて失ってしまうのだから。

結局のところ誰もが、王太子というこの器と、それが生み出す結果にしか興味がないのだから。

僕という人間を、中身から見てくれる人間などどこにもいない。

官僚、家庭教師、貴族、国民みんなそうだが、特にこのご令嬢たちには辟易する。

群がって、押し退けあって、我先にと詰め寄ってくるのは餌を前にした餓《う》えた獣のように見えた。

誰も彼も執拗に僕を褒め称えるけれど、数度言葉を交わした程度で僕の何がわかるというのか。

たかだが外皮の美醜ごときに如何ほどの価値があるのだろう。

彼女たちが見ているのは王太子というラベルであり、クラウディオという一人の人間ではない。

本当に欲しがっているのは僕ではなく優越感だ。

媚びるような瞳も、派手なドレスも、きつい香水も、それは誰に向けてやっているんだろうか。

僕のためか？　いいや違う、自分のためだろう？

それでも、僕は彼女たちのうちの誰かと結婚することになる。

王太子として国のために何がより良い選択かを、周りの人間が考えて決定するのだ。

そこに、恋だの愛だのは介在しない。

僕はいつだって、最後まで一人だ。

ずっと、ずっと、ずっ――

「あれ……ここは……」

ふと気づいたら、僕は王城の中を歩いていた。

「え、あれ、パーティー会場にいたはずじゃ……それに、ここは……？」

「あれ、起きちゃいましたか」

数m前の方で小柄な貴族の少年が立っていた。

……貴族？　記憶の中を検索する。……出てこない、知らない、顔も名前も知らない。貴族じゃない、違う、違う、違う。

お前は、誰だ？

「んー……まあ必ず生け捕りって話でもなかったし。……じゃあ、死ね」

「え？」

鉛色の光が、少年の手から放たれた。


「暗愚といえども仮にも王族だ。気軽に触れてくれるなよ、下郎」

投げつけられたナイフを短剣で弾いた後、決め顔でカッコつけてはみたのですが私の内心はヒヤッヒヤ。すっごいギリギリ、ローラー作戦が完全に裏目に出た。あっぶにー。あと一秒遅れていたら王太子殿下は死亡、もしくは隻眼になっていたことでしょう。

「キミは……？」

「黙って見ていろ、死にたくないのなら」

この場所は城の隅っこ辺りの通路。十字路でいうところの東の部分で、私は南からやってきた形になる。その際に見張りを一人蹴飛ばしてきたのだがどうやら西側にも一人隠れているらしい。

守りながら戦うのは面倒ですし、速攻を掛けるのも一つの手ではありますが失敗した時のリスクがですね。怒られちゃいますよね。

ヘイリーもこちらに向かってはいると思いますがなにぶん非公式なので彼女自身警備を掻い潜るのに時間がかかるでしょうし。

というかなんだこの暗愚は。暗愚暗愚言ったけど本当に暗愚でどうすんだって話ですよ。

知らない人について行っちゃいけませんなんて子供でもわかることだというのにパーティーの主賓・王太子という身でありながらふらふらふらふらふらふら、廃嫡されればいいのに。

「おい小童《こわっぱ》」

「小童!?」

お前なんぞ小童で十分です。

敬語を使おうとすると拒否反応で吐きそうになる。

「小童、お前なぜこのようなところにいる？　あれは誰だ？」

「し、知らない！　気づいたらここにいて！　な、なにもわからなくて……」

「ちっ、やはり催眠術の類か……」

私が苦々しくそう言うと、目の前の暗殺者は少しだけ驚いたように笑った。

「へぇ……知ってるんだ。どこのご令嬢か知らないけれど、只者じゃなさそうだね……」

なんでしょうこいつ偉そうに。よくもまぁ王城で堂々と王太子に催眠術なんぞかけてくれおって。

会場のあれも、所々で居眠りしていた衛兵も全部こいつの仕業ですか。

しかし、最近そういう輩の話を聞いたことがある気がする。

どこだっけなー、侍女に聞いた気がするんですよ。

……あっ!!

「そうか……貴様知っているぞ。グレイゴースト四天王、海のリキッドだな？　どこら辺が海なのかはさっぱり理解できんが、話は聞いている。潜入や催眠を得意とする小賢しいネズミ。二足歩行ができるとは物珍しいが、体に染み切った溝の臭いは消せんようだな」

そうそうフーに聞いたんですよ。捕縛後に『侍女として雇おっか？』って言ったらそれはもうべラベラとグレイゴーストについて知り得る限りの情報を喋ってくれたんですよね。

さすがにトップシークレットについては知らなかったようですが――というか派遣社員だったし。派遣社員が四天王ってなに。舐めてるのでしょうか。

もとい、その中にはまぁ同僚の話もあって、風と炎については既に捕まえていたんですが海については未遭遇でしたのでちょろちょろっと聞いたのでした。

「ひどい言い草だね。そのネズミに懐へ入り込まれたのはキミたちじゃないのか？」

「不味くて食いでの無いネズミをわざわざ外に狩りに行くかよ。何も知らずに家の中に入って来たのを気まぐれに弄ぶのが楽しいんだろうが」

鼻で笑いながら言うと、リキッドの端正な顔に影が差す。

お？　効きました？　挑発効きました？　もっと言っていい？

「……僕のことを知っていること、ここまでやって来れたことは褒めてあげても良いけどさ……キミはその鈍間を守りながら僕たちと戦えるのかな？」

「阿呆抜かすな、貴様らなんぞ物の数にも入らん。それに、この馬鹿は私への人質になり得んぞ。いざとなったら多少の負傷も覚悟で貴様らを捻じ伏せてやる」

「えっ⁉」

なんか後ろで素っ頓狂な声が聞こえた気がしますが多分気のせいでしょー。

「……ふーん、嘘は言ってないみたいだ――え？　キミ、王太子を助けに来たんじゃないの？」

「私が救うべきは国そのもの、暗愚一人が適度に痛めつけられるぐらいなら許容範囲というもの。むしろ推奨されてしかるべきだろう」

兄上から怒られるからやだけど。

「いや、殺すという話をしているのだけど……」

「この期に及んで死ぬような雑魚、王になる前に死んだ方が国のためだ」

「「……………」」

なぜ黙るのですか。冗句ですよ小粋な冗句。半分冗句。

それに王太子っていうぐらいなら護身術の一つや二つ習うでしょう？

二対一ならともかく、まさか一人を相手にやり過ごすこともできない、暗殺者を前に震えて動けないような腰抜けでもあるま――

「………………」

腰抜けじゃったか……。

「ともかく！　貴様らごときが私を突破するなど不可能、大人しくお縄につくがいい」

「……試してみるかい？」

「好きなだけ試すと良い、その尽《ことごと》くを食い破ってやろう」

実に余裕っぽく言うと、いたくプライドを傷つけてしまったようでリキッドは歯ぎしりしながら顔を歪めます。

「吠え面かくなよお嬢様！」

吠えてんのそっちじゃんね。というツッコミは心に仕舞う。

フーが言っていたリキッドの必勝パターンは煙幕からの毒針乱射という初見殺しらしいのですが、ずばりその通り彼は地面へと煙玉を叩きつけました。

見る見るうちに視界は白一色に奪われていく。

「飛ぶぞ」

「え？」

とはいえ見えないのは相手も同じ、ここに来るとわかっているものを避けるのは容易。上に逃げれば良い。

「はっ！」

「うえぇ!?」

王太子を脇に抱えて跳躍、頭上の小さなシャンデリアに掴まる。

脇の荷物はとても軽い。さては鍛えてないですね、温室育ちの軟弱王子め。私なんか八歳の時点で虎と戦ってたのに。

なんかイラっとしてきました。

これはもうあれですよこう——

「薄汚い溝鼠よ、王国の怒りを知れ。この粛清を以て贖罪と成す!!　未来への礎となるがいい!!

くらえ、我が魂の一撃必殺!!　王太子キャノン!!」

——とか言ってぶん投げるとすっごいスカッとすると思うんですよ。

やんないけど。たぶん骨とか折れるから。王太子の。

「やったか……!?」

下の方からリキッドの声が聞こえる。

それを言ったらお終いでしょうよ。

因果律すらもねじ曲げて結果を塗り替えるという伝説のワード『やったか……!?』。

その言葉を言ってしまったが最後、煙の中から攻撃を全て受け切ってなお健在な敵が出現すると
いう。いやまぁ、私は普通に避けたんですが。

「一回目」

「ぺぎゅ!」

煙が晴れる頃合いで着地。左手に王太子を摑み、右手で人差し指を立てながら言う。

こういう時にさも当然といった感じで佇み、不敵な笑みを浮かべると効くってハンスとルドルフ
が言ってた。

ちなみにどこかでカエルがつぶれるような音がしたがおそらくは幻聴であるものと推測される。

「馬鹿なっ!?」

お約束の如く叫ぶリキッド。動揺しているようでは二流だ。

「お次はどうする？　まさかネタ切れということはあるまい、後ろの連れと連携でもするか？　二人だろうが三人だろうが、私は一向に構わんぞ」

私の後方の暗殺者は角に隠れてまだ姿を見せる気配はない。

王太子を狙う機を窺っているのでしょうが、そんな機会は絶対に訪れないと断言しておきましょう。

「っ！　舐めんなぁあああ！」

怒りに任せて突っ込んでくるリキッド。

「それは愚策だぞ」

生粋の武闘派でもないのに正面から突っ込んで勝てるとでも思っているのでしょうか、ボディが完全にお留守。

サッカーで言えばお誂え向きのロングパスといったところでしょう。

鳩尾《みぞおち》を狙って蹴り飛ばす。

「がはっ!?」

「軽いな」

脚を振り切ると気持ち良いぐらいに飛んでいく。ナイッシュー!!

「二回目も失敗と……舐めているのはそちらではないか？」

呆れた、という表情を演じながら指を二本立てる。

イエーイ!!　ピースピース!!

「ぐぞがぁ……」

「どうした、策を弄せ。実力差を考えて動かんでなんとする、でないと――」

――つまらないじゃないか。

……おっと、この発想はいけない、私はニンジャであってバトルジャンキーではないのですから。

「ぐっ……つぅ……ぁあああぁっ！」

「…………………はぁ」

やけっぱちの投擲。二本の投げナイフを適当に弾く。

そして指を三本立てる。

「三度目、落ち着け暗殺者。雑になってるぞ」

「ああああぁっ！」

「また……」

繰り返される投擲。単調なそれを叩き落とす。

ナイフ、ナイフ、ナイフ、ナイフ、ナイ――

「……っ！」

球体――ナイフではない。

だが振り下ろした短剣が止まることはなく、叩き斬った。

球体が二つに裂けその中から少量の液体が飛び出してくる。

おそらく、こういう場合においてそれは、毒だ。

それを、顔面に浴びた。

「引っかかりやがった！　ざまぁねぇわ！　油断なんざするからそうなるんやお嬢……さ……ま？」

だからといって、どうということもないけれど。

手拭で顔を拭ったあと、ポイッと捨てた。

「な、なんでや……なんでや!?　何をしたんやお前は！」

「耐毒訓練なんて初歩の初歩だろう。私は王太子ではない、一般的な兵士でもない――ニンジャだ、使う手を間違えたな。さすがに酸を持ってこられたら不味かったが……まぁその時はその時。……さて、四度目だ」

指を四本、見せつける。

そういえば先ほどから口調がちょくちょく西の訛りになっている。それが素なのでしょうか。

「そろそろ仲間をお呼びになってはいかがか？」

そろそろじれったくなってきた。早く終わらせたいので同時に掛かってきてほしい、それなら気兼ねなくぶちのめせるというもの。

誰か一人でも生きて情報を持ち帰るという規則がある（と思われる）以上、迂闊に出てきて全滅は嫌だというのはわかりますけど。

「あんた……何者なんや……」

リキッドからそう、震えた声で尋ねられます。

何かの時間稼ぎかな？　と思ったりしましたが、まぁよいでしょう。

「溝鼠に名乗る名など持ち合わせてはいない。冥土の土産にも持たすつもりもない」

「え!?」

「「…………」」

背後で声がして振り向く。なんでこの暗愚は絶望した表情を私に見せているのでしょうか。

もとい、気を取り直して。

「と、言いたいところだが私の手駒が貴様の元同僚という縁に免じて教えてやろう。我が名はアブソルート。東方侯爵アレクサンダー・アブソルートが長女サクラ・アブソルートなり。喜べ溝鼠よ、あの世で私と戦ったこと、自慢するが良い」

「「アブソルート!?」」

「「…………」」

ちょっと黙っててくれないかなこの暗愚。

「せやか、四天王が三人もやられたんは騎士ハンスでもルドルフ・シュタイナーでもない。あんたのせいか？」

「然り」

「せやか……んじゃ手駒っちゅーんは三人のうち誰かがあんたんとこに降《くだ》ったゆーことやな？　せやからワシのことも知っとったわけや」

「然り然り。……だが少し語弊がある。誰か、ではなく三人ともだ」

「はっ！　あんたも中々にえげつないことす――なんやて？」

「今、フーは侍女、シュナイダーは見習いコック、ガルブレイスはうちの庭師の弟子。みな楽しそうに働いているぞ？」

特にシュナイダーくんの飯が美味しいんですよ。料理は火加減。

などと、そう告げるとリキッドは少しの間呆然と目を丸くして固まった後、プルプルと震えだした。顔がみるみる赤くなります。

「なんでやねん!!」

なんで、と言われましても。

「……初任給35万、昇給年二回、賞与年二回、残業は基本ナシ、超過勤務手当・家族手当あり、交通費支給、年間休日１６５日、完全週休二日制、祝日・ＧＷ・夏期・年末年始休暇・年次有給休暇・特別休暇あり、雇用保険、労災保険、健康保険、住宅手当、育児支援あり、寮・食堂・スポーツ施設・保養所等利用可能――」

「そんなんワシだって裏切るわ!!」

アブソルート侯爵家はホワイト企業を自負しております。

正確には個人で条件は違うのだけれど基本条件ということで。応相談。

アットホームでとてもやりがいのある職場です（個人の感想です）。

「い、今からでもアブソルート侯爵家に降伏とか……？」

「ここは王城だ、アブソルートの屋敷ではない」

本来私たちの管轄ではないので裁量権とかありませーん。

「畜生が！　こんな仕事やっとられるか！　ワシは故郷に帰らせてもらう！」

「気づくのが一日遅かったな……逃がすとでも？」

「こいでも逃げ足には自信があってーな、あんた一人相手ならギリギリ可能性はあるんやわ」

「ほう……？」

ほうほう、それは大口を叩くではありませんか。

これでも人外魔境の我が屋敷で最速の称号を戴いているこの私に対して。

でもまぁ――

「一人だと、いつ私が言った？」

「は？」

「…………（荒ぶる鷹のポーズ）」

――あなたの後ろに、ヘイリーがもう来ちゃってるんですよ。

「…………」

遠目でもわかりやすいぐらいに冷や汗だらだらのリキッド。

そこに追い打ちをかけるように――

「おいサクラ、こういうことでいいんだろ？」

私の背後から。つまりはもう一人が隠れていた方向からジョー・アブソルート——兄上が完全に気絶してしまっている男を担いでやってきました。

ぽいっと投げ捨てます。

その瞬間、哀れリキッドは完全に硬直されたのです。

いやそれにしても兄上グッドタイミング。相手の心を折るのに最適でした。

「おお、兄上。ナイスキル」

「殺してねーよ。まさか王城が暗殺者に侵入されるとはな。警備体制を見直す必要がある」

「あー……情報部も結構糾弾されそうですよね」

「まぁな。俺はここ一か月王都にいなかったが、王都組は特にこってり絞られるだろうよ」

「ロイド殿とかですか？」

「ロイド殿とかだな」

ドンマイおスシ。

「で、あれは？」

「グレイゴースト四天王の海のリキッドさんです」

「ああ、噂の……大丈夫かあれ、死にそうな顔してるぞ……」

「正確にはもうすぐ死ぬ顔ですね。屋敷ならともかく、ここは王城ですから」

「……問題はどう死ぬかだな……」

そう言い切った兄上のセリフに、とうとう恐怖の堰が決壊したのであろうリキッドは泣きながらこちらへと突進してきました。

「ちくしょ――――――!!」

「とりあえず眠らせるか……」

「いえ兄上、私がやります」

前に出ようとした兄上を右腕で制す。

手は五本の指全てを立てている。すなわちパー。

私はそのパーを彼の顔めがけて全力で振りぬいた。要するにビンタ。

「ぶべらっ!」

その場に崩れ落ちるリキッド。

制・圧・完・了。

「……五度目も、ダメでしたね」

私あなたのことスシ

暗殺者を簀巻きにして一か所に集めて一段落。

あとは衛兵でも呼んで引き渡せば終わり、ミッション・コンプリート。

「ここに来る前に近衛の人たちに連絡しといたから、そろそろ到着する頃合いだな」

「会場の方はどうですか？」

「かなーり混乱してたが陛下が直々に鎮火に出られたから平気だろ」

おお、やはり陛下は優秀なお方ですね。王太子誘拐とか集団催眠とかあんまり洒落になってないですけど陛下なら大丈夫でしょうという無二の信頼感。

「取り調べとか面倒なので私帰っていいです？　ヘイリーとか登城許可取ってないですし」

「…………（ピースサイン）」

そう言うと兄上は非常に複雑そうな表情をした後に、諦めたようにため息を吐いた。

「本当は怒らんといかんのだが……仕方ないか」

「私とヘイリーがいなかったら何人の首が飛んでいたかわかりませんもんね？」

「…………（ドヤァ）」

物理的にも。

「ああ、手柄も手柄、大手柄だな。まったく、不甲斐なさに涙が出てくるぜ」

「ふふふ……兄上もまだまだ精進が足りませんね……」

「…………（肩ポン）」

「腹立つな……ま、後処理は全部俺がやるから別邸に帰ってろ。パーティーも続けらんねぇし、そんなドレスじゃ人前に出せん。ヘイリーも、バレずにな」

「サーイエッサー！」

「…………（サムズアップ）」

そういえばドレスボロボロでした。

かなり大きく裂いてしまいましたし、返り血と毒で汚れちゃいました。

屋敷に帰ったら怒られそう……。かなり気合入れて作ってもらったから……。

うーん……憂鬱。

「では兄上、お任せしま――」

「待ってくれ！」

突然声がして呼び止められる。

誰から発せられた声かは、言わずもがな。

聞こえなかったふりしてそのまま帰ろうとしたら兄上に肩を摑まれる。

振り向いて「くわっ！」っと睨みつけると、静かに首を横に振られる。

腐っても……王族……。

「ジョー、それに妹君。少しだけ僕に時間をくれないか。礼を言いたい……それに、話がある」

「ちっ」

「やめい」

「いたっ!!」

いやですね、私だってしたくて舌打ちしたんじゃないのですよ。

これはもう反射、悪意があったわけではありません。

「……まずは謝らせてほしい、本当にすまなかった。軽率なことをした、王太子としてあるまじき失態だった」

「…………」

殿下が腰を曲げて深く頭を下げる。兄上はそれを否定せず真剣に見つめている。

私としては、謝れるというのは加点ですが、減点は依然として山のように積み重なっています。

「本当に……王族としての自覚が足りないのでは」

兄上の後ろに隠れながらぼそりと言う。

すると、兄上から咎めるような視線が飛んでくる。

「おいサクラ……」

「いいんだジョー。妹君の――いや、サクラさんの言う通り僕は王族として未熟だった。甘ったれで自分に酔った愚か者、だが今は目が覚めた気持ちだ。そして、だからこそ直接礼を言わせてほしい。……ありがとう。あなたがいなければ僕は死んでいた、何一つ成せぬまま暗愚としてこの生を終えていただろう。心よりの感謝と、敬意を」

「…………けっ」

「…………（ピシッ）」

こっち見んな。

その自分がイケメンであるとバリバリ思っている勘違い男だけがやるその笑顔、寒気がするし反吐《へど》が出る。まだ自分に酔ってるではないですか。

きっしょ。

「……すいません殿下、こいつ人見知りで……」

「……い、いや大丈夫だ。自分の至らなさは自分が一番理解している。……落ち着けぇ僕……折れない、拗ねない、諦めないだ。まだ大丈夫、まだ舞える……」

「ん～…………」

そっぽを向く私、頭を押さえる兄上、下を向いてなにやらぶつぶつ呟くあれ。

もう帰っていいでしょうか、お礼は一応受け取ってやらんこともないです。

（兄上、帰っていい？）

小声で聞く。その返答は呆れたような表情だった。

（お前なぁ……）

（でも、謝罪も礼も聞き届けましたよ。これ以上ここにいるとかどんな罰ですか、私が何したって言うんですか!!　神はいないんですか!?）

（殿下との会話を拷問みたいに言うな馬鹿！）

（みたいじゃなくて拷問って言ってるんです！）

（余計悪いわ！　どんだけ嫌いなんだお前！）

（風呂場に現れたＧぐらい？）

（………………なんで）

（たぶん前世はハブとマングースだったんだと思います）

そしてしばしの沈黙のあと、兄上はこの世の無常を嘆くような表情で天を仰ぎます。

なんで？

「……殿下、妹は少し体調が優れないようなので先に帰らせようと思うのですが……」

「え？」

おっ、いいぞ兄上!!　もっと言って!!

「……そういうことですので殿下、私はここでお暇させていただきます」

こんなところにいられるか！　私は部屋に帰らせてもらう！

みたいな。

とかく、私は一礼してからその場から去ろうとすると――

「あいや、待たれよ」

――がっしりと、手を摑まれた。

あ？

「殿下、申しわけございませんがお手を離してもらえませんか？」

「すまないが聞いてもらいたい話がある。少しでいい、まだいてくれないか」

「恐れながら殿下、私は体調が優れぬと申しておるのですが……」

「先ほどまで派手に戦っていたではないか」

「……暗殺者に喰らった毒の具合が悪くてですね」

「耐毒は初歩の初歩ではなかったのか？」

ちぃっ!! 聞いていましたか。

何ですかこの男は急に、しつこい男は嫌われると古事記にも書いてあるでしょうに。

強引に手を振り払う、なんてことができたらどんなに楽だろう。

繰り返すが腐っても王族、国民は等しくその臣下である。

「ジョーもいいか？」

「……手短に」

兄上は処置なしといった具合に肩を竦めた。

私は逃げるわけにもいかず、ため息一つ。しかし直視するのもされるのも嫌なので再び兄上の後ろに隠れて少しだけ顔を出し、半眼で睨む。

「今日は僕の誕生日パーティーだったわけだが、今回はかなり手広く招待状を出させてもらったんだ。高位貴族を中心に普段あまり顔を合わせない家も含めて。この意味は既に理解してもらっていると思うのだけど――」

「知らん」

「…………」

本当に知らん。控えめに言ってカタツムリの年間走行距離の平均ぐらい興味ない。

「敬語」

「あいたっ！」

「ジョー、僕は構わない。気にしないでくれ」

くそぅ、今のは痛かった。頭がくらくらする。

確かにここが公式の場でしたら不敬と言われても仕方のないことでしたけども。

「うん、細かい御託はなしに率直に言わせてもらおう」

そう言って、目を閉じて深呼吸をする。何をするつもりなのだろうと兄上の方を窺ってみると、顔に手を当てて頭痛でも堪えているかのようだった。

頼りにならないと、また前を向けば意を決したようにあれは言葉を紡ぎだした。

「ありていに言えば今日のあれは妃候補の品定めだったんだが……そこでだ。えーっと……サクラさん、僕は……あなたが……欲しい……」

顔を赤くし、定期的に詰まりながらもゆっくりと。

よく意味が理解できずにまたまた兄上の顔を窺うと「あちゃー」って顔をしてた。通訳をしてもらいたかったのだけれど無理みたい。

「ふむ」と先ほど聞いた音声を脳内で咀嚼する。

聞き間違えでなければあれは私が欲しいと言った気がする。その前にもなんか言っていた気がするのだけど忘れた。

私が欲しいか、そうか、ふむ……。

ほう。

ほうほう。

ほうほうほう。

それはつまり。

引き抜き《ヘッドハンティング》！

ニンジャならば一度は経験するという引き抜き工作。

それは影という職業においては一種の憧れのようなもの、日の当たらぬ者に光の当たるまたとない機会。そしてそれは同時に個人としての有能さの証明でもある。

我が太祖ルクシア様も何度も主替えの誘いを受けたことがあったという……。

つまりこれはルクシア様の人生の追体験と言っても過言ではないのではないでしょうか。

そう考えると、中々に悪くない。

なるほどなるほど。確かに私は優秀。かーなーり優秀。

正直に言って王城の影の者よりも数段は上という自負があります。それは今回の件から考えても確定的に明らかだと言えるでしょう。

私を選ぶとは存外目の付け所が良い。

評価を害虫から羽虫へと格上げしてやるのもやぶさかではないです。

まあ断るんですけど。

ルクシア様は忠義の士でしたし、私もアブソルートから出ていくつもりありませんし。

そもそも仕える相手があれじゃあね……。国王陛下ならまだしも。

「恐れながら殿下、お申し出はありがたく存じますが……お受けすることはできません」

断言すると、殿下は愕然とひどく絶望的な暗い表情を浮かべる。

いくら王太子であろうと欲しいものが全て手に入ると思われては困る。

それは暴君の思考でしょう。

痛い目を見て多少まともになった雰囲気があるのですから、これを機に国のため大人になってもらいたいところ。

「……理由を聞いても、よいだろうか……？」

些か震えているような声でそう問われた。

確かに理由も言わずにべもなく断られては納得できないという気持ちもわからないでもない。

だがどういう返答が正しいだろうかと、私は慎重に考える。

優しく言うのは気色が悪い。

本音を言うのは不敬に当たる。いや、先ほど構わないと言われたような気もする。

今この場はぷち無礼講というやつなのかもしれない。

千尋の谷から突き落としても、這い上がれるなら見直してやらんこともない。

這い上がれなくても今後関わることがなくなるだけ、むしろ清々するというもの。

「殿下」

ならば、言うべきことはただ一つ。

「犬に仕える虎はおりませぬ」

「っ！」

犬扱いされてショックを受けたのか殿下は目を見開いた後、悔しそうに唇を噛んで下を向いた。

でもまぁはっきり言って殿下に私を使いこなせるとは到底思えません。

豚に真珠、猫に小判、宝の持ち腐れ、そういう言葉が似合います。

「人は誰しも自らの器というものを持っています。人によって形は違うといえど、今の殿下のそれはまだまだ小さく形もいびつ。私を受け入れるだけの容量があるとは思えません」

「……返す言葉もない。実力も実績も、僕には足りなさ過ぎる……」

「精進なさいませ。それが国のため、次期王としての責務でございましょう」

こんな言葉で順当に成長してくれたらめっけもんですよねー。

そう上手くいくとは思いませんけど。

ちょっと不遜な物言いだった気もしますが、怒ってる気配もありませんしいいですよね。

なんなら今日助けた分でチャラにしてもらいたい。

さてさて、これで話も終わったことだろう。

私は早く帰ってヘイリーとリーと別邸でスイーツ会がしたい。

それにどこからか足音がぞろぞろと聞こえてくるので頃合いだろう。

出たくないパーティーに出て、殿下の命も助けて、聞きたくもない話も聞いた、十分すぎるほどに頑張ったと自分でも思う。

賞賛されて然るべき。

「それでは殿下、今度こそお暇させていただきますね」

「っ……最後に一つだけ！」

まだあるのですか……。

めんどっちぃ。

「もし……もし僕が大きく成長して、君を受け入れることができるほどの男になった暁には、あなたは僕のもとへ来てくれるだろうか……？」

「はぁ……？」

と、つい声が漏れた。

しつこい、まったくもって非常に鬱陶しい。

けれども、とても真剣な表情で尋ねられては答えを返さぬわけにはいかないでしょう。

「……さて、私もまだまだ成長しますからね。ですがもし、殿下が私の速度について来れるというのなら、そういう未来もあるのかもしれませんね」

ふっ……何人たりとも私に追いつけるとは思いませんが。

なんちゃって。

「ま、つまり。キャッチミーイフユーキャン、ってやつですね」

「……わかった」

殿下は何やら吹っ切れたような顔でそう言ったあと、小さく笑う。

「努力する」

ふむふむ、努力するのは良いことです。その意気は嫌いじゃありません。

どこか陰鬱だった雰囲気も晴れていますし、爽やかな表情を浮かべるとやはり素材がいいのか絵になりますね。

スシですけど。

「それでは今度こそ本当に……」

「ああ、引き留めてすまなかった。……また会える日を楽しみにしている」

私は会いたくありません。

「ええ、ごきげんよう」

殿下に背を向ける。

するとずっと黙っていた兄上がなんだかゲッソリして、自分の運命でも呪っているような暗い顔をしていました。

よくわかんないけど、ドンマイです。

とにかく今日は終わり！　閉廷！

などと供述しており

めんどくさいなぁって思う。

とってもめんどくさいなぁって思う。

答えのある問題を考えるのは苦ではないが、答えのない問題を考えるのはすごいめんどくさいなぁって思う。

サクラを帰した後、近衛の人たちと現場の状況や後処理、今後の対応策など色々話し合ったりしたのだが最終的に全てお任せすることになった。

若手の出る幕ではないということらしい。

少しムッとしたがまぁ騒ぎ立てるほどのことではないので俺も騎士寮の方へと戻ろうとした時、王太子殿下に呼び止められた。

理由は考えるまでもないが、やっぱりめんどくさいことになったなぁと思う。

サクラに関しては褒めこそすれ責めることなどできるわけもなく、王太子殿下にしても時と場所を弁えてくれという思いはあるが、否定するようなことでもない。

だがしかしまぁ——

「妹さんを僕にくれないか」

「悪いことは言わんので諦めてください」

――めんどくさいなぁって。

帰りてぇ……。

何がめんどくさいって俺がアブソルート侯爵家唯一の王都勤めということだ。

サクラの部下である野良猫や、彼女らのせいですっかり影の薄いアブソルート侯爵家情報部門の面々もいることにはいるのだが、表に出ているのは俺だけ。

父上も時折登城されるがあくまでも不定期だ。

俺に集中砲火がくるのは火を見るよりも明らかだ。

「正直、うちの妹に関しては忘れてもらった方が良いと思うのですが……」

「なぜだ!?」

「逆に聞きますけど、目の前であの武力を見せられてどうして惚れられるんですか？　あいつ羆《ひぐま》より強いですよ……」

「強い女性、結構じゃないか！　貶されるべきは軟弱な男衆であって彼女ではない！」

いやまぁその通りなんだけどさ……。

確かにカタログスペックだけを見ればサクラはかなり優秀だ。地位、能力、容姿、カリスマ、どこを取っても申し分ない。

だけどさぁ、単独で羆を狩り、盗賊団を壊滅させ、暗殺者を捕らえるような妃がどこにいるんだよ。そりゃ自衛の手段があるに越したことはないが限度ってもんがあるだろ。

何より問題なのが前提として殿下がサクラに毛虫でも見るような目で見られているということだよ！　どうすんだよ！

大絶賛初恋中の殿下には悪いけど無理だろあれは！

「はぁ…………一応聞きますがあれのどこがそんなに良いのですか？」

もし理由と想いが大したことなかったら説得して諦めてもらおう。

なんて気軽に聞いてしまった俺がすぐこの失言に後悔するのはわずか数秒後のことだった。

待ってましたとばかりに目を輝かせた殿下から早口で饒舌に言葉が紡がれていく。


「彼女を初めて見た時、まず目に入ったのがそのエメラルドの長い髪。艶やかで鮮やかで、そして優しい、心を癒してくれるような色だ。女性の髪はよく命や宝に喩えられるが彼女のそれはまさに宝石以上の価値がある。それを後ろでまとめて垂らしたポニーテールが彼女の動きに合わせて柔らかく流れ揺らめくその度に何とも言えない高揚が僕を襲い、心が砕かれるような衝撃がこの身に打ち付けられた。それに彼女が僕の側に立った時にわかったんだが本当にさらさらしていて美しくてちょっと……少しいい匂いがした、正直ドキッとしたよ。よく手入れされているのだろう、そういうところも好感が持てる。次にだ、その時点で僕はまだ彼女の後ろ姿しか見えていないのだがそこから得られる情報として特に重要なのが肌とスタイルの二つだろうね。まず肌から先に語ろう、彼女の髪がエメラルドならその肌は真珠、しみ一つないきめ細やかな白い肌。白とは、時に病的で冷たさを感じさせることもあるだろう。だが彼女のそれは人の温かさを、活力を感じさせる健康的な白だ。特にポニーの下から時折見えるうなじに目が行くのは男として致し方ないことだろう、どうしたって心を奪われてしまう。そしてスタイルの話をしよう。断言したいのは女体というものに黄金比があるとすればそれは彼女をおいて他にない。無駄がない、一寸の狂い無き奇跡のバランスだ。スレンダーという言葉がこの世の誰よりも似合うだろう、体全体がよく鍛え抜かれ引き締まっていながらも、女性特有の柔らかさも絶妙に残してある。そして僕が断固として主張したいのは脚線美だ。ドレスのスリットから垣間見えるチラリズムの素晴らしさについてはここでは敢えて言及しない。だが筋肉質でありながらもしなやかさを忘れない、ほっそりとした御御足。それが真珠のような肌と組み合わさっているのだ、神の御業と言っても過言ではない。僕は今日この日初めて神に感謝の祈りを捧げた。……さて、ここまで彼女の肉体美について簡潔にまとめてみたが……歯がゆいな、この凡庸な舌では崇め敬う言葉が足りない。詩吟も中々馬鹿にはできないね、世に無駄な知識はないということか。だがないものねだりをしても仕方がない、今ある全力を尽くすとしよう。ここまでは彼女の後ろ姿からの感想だが、彼女の顔がこの瞳に映し出された時の衝撃を忘れることはできない。美の具現とはまさにこのことかと感嘆したものだ。どこまでも整ってはいるけれど、何より印象的なのはその翠の瞳だ。齢十三、僕と一つしか変わらないというのにどれだけの修羅場を潜り抜けてきたのだろうね。揺るがぬ意志を感じさせる強い瞳だったよ。ジョーといるときの穏やかなそれも良かったけれど、敵と対峙しているときは泰然かつ冷ややかな視線、全てを見通しているような達観がそこにはあって、ああもう思い出すだけで背筋がゾクゾクする……。彼女の容姿に対する評価は可愛いとか綺麗とかそういう陳腐な言葉で表せるものではない、芸術の域に達している。想い起こすは自然の神秘的な光景だ、神々しさも感じるほど。いや、事実彼女こそが女神だと言われて誰が異議を唱えられようか。……そうだ……彼女の美しさを表現するためには……詩人だ。吟遊詩人を呼べ！　呼んできたのなら王国をくれてやるぞ！　……なんてのは冗談だが、実際に彼女について歌わせるのはどうだろう？　駄目か？　……そうか、ならこの案はやめておこう。……ん？　さっきから容姿の話ばかりではないかって？　ばっかお前、容姿だけでも語りつくせないほど彼女は素晴らしい女性ってことだろう？　だがそこまで言うなら彼女の内面の話に移るとしよう。確かに僕は彼女とは今日出会い、交わした会話もそれほど多くはない。全てを、知っているわけではない。だがそれでも、彼女の精神の高潔さは理解しているつもりだ。さてどこから話そうか、まずは——」

帰りたい。

一方その頃

「なんか、上手い感じにはぐらかされた気がするよねぇ……」

「さようでございますな」

宰相との会談を終えての帰り道、ワシはそんな話をルドルフとしていた。

日はすっかり暮れて、繁華街はたいそう賑わっているが、住宅街の方はめっきり静かだった。

なんか出てきそうで怖いよね、口裂け女とか。

「手を出すな、余計なことはするな、全てこちらに任せろ、だが具体的に何をするかは教えない。……なんて、困っちゃうよねぇ……」

「ですからもっと強気にと言ったではありませんか。王国の頭脳の頂点に話術で勝とうなど望むべくもありませんが、心でも負けていてはなんの意味もありません」

「うぅ……ごめんね」

今日の会談は本当にぼっこぼこにされてしまった。

解決策を求めて遥々王都までやって来たのに逆に釘を刺されただけ、状況が悪化したとまでは言わないけれど完全に骨折り損のくたびれ儲けというやつ。

目の前が真っ暗になった。物理的にも精神的にも。

「でもねぇ……宰相怖かったんだよ、なんかニコニコしてるのに内心では殺気立ってるというか……なんというか鬼でも相手してる気分だった」

「……そんなことは――いえ、旦那様がそう言うのならそうなのでしょうね。私めには宰相殿の真意はまだ測りかねますが……」

「うん、注意しておいて」

「承知いたしました」

う～ん……きな臭い。

帝国、リットン子爵、霊国。どうにも考えなければいけないことが多い。

十年以上頑張って働いたというのに負債はまだまだ残っている。

まったくもって厄介厄介。

「……そういえばサクラの方もパーティーは終わる頃合いかな？」

王太子殿下の誕生日パーティーは毎年かなり豪勢に開催されることで有名だし、きっとサクラも楽しんで――はないだろうけど。

そもそも婚約者候補の品評会みたいなものと陛下自身が言っていたからなぁ……。

「それでしたら会談中に連絡がありましたよ。なんでも曲者が出たとかで急遽中断されたとか。近衛の方々の素早い対応で曲者は捕縛されたと聞いております」

「えっ!!　サクラは大丈夫なの!?」

「ええ、もちろん。リーが言うにはサクラ様は元気に『お館様、曲者は私がきっちりぶちのめしておきました!!　どうかご安心くださいい!!』とおっしゃっていたと」

「…………」

いまさら驚いたりはしないけどさぁ……。

平常運転にもほどがあるよねぇ……。

というか近衛兵が捕まえたんじゃないの？

「面子の問題でしょう」

「ああ、そっかあ」

貴族のご令嬢が王城に侵入した曲者を退治。なんて話はとても愉快そうではあるが城の衛兵からしたら面目丸潰れに違いない。

内々で怒られるにしても余計な騒ぎを起こす必要はないのだろうし、そもそもご令嬢という点が信憑性に欠ける。

それに――

「それに、お嬢様は名誉や名声が欲しくてやっているわけではありませんから」

「だねぇ……」

サクラのそれは、家族の役に立つというのが一貫した理由だった。

あとは『影で暗躍するのが格好良いじゃないですか!!』とも言ってた気がする。

「でも、あんまり危ないことはやってほしくないよねぇ……」

「一応、リーたちに協力してもらってこっそりと仕事は絞っておりますよ。お嬢様の実力であれば十分以上に余裕を持って遂行できる仕事のみに」

「そうなの？」

「ええ、年々その範囲が拡大しておりますが」

「…………」

「もはや任せられない仕事を探す方が難しくなっておりますなぁ」

「…………」

事もなげに言うよねこの老執事は。

そりゃあルドルフからしたらサクラは格闘の弟子でもあるから成長が嬉しいんだろうけども。

ワシは最初の頃なんて毎日心臓が縮む思いだったよ。

朝起きたらサクラがいなくなっていて大騒ぎになり、一家総出の大捜索の末夜になって泣きながら帰って来た時の心境といったらそれはもう死ぬかと思った。

フローラは寝込むし、ジョーは半泣きだし、ウィリアムも顔が真っ青で、ピーターなんて三回ぐらい緊張で吐いていたもの。

ちなみに小規模の犯罪組織を壊滅させに行っていたらしい。

泣いていたのはそいつらのアジトから連れ帰ったリーの過去に感情移入していたからだという。

傷一つなかった。安心した。

「父親が娘におんぶにだっこな状態は情けないなぁ……」

「…………」

ルドルフは応えなかった。

「否定してよ」

「私含めてアブソルート侯爵家の誰も、否定できませんよ」

ルドルフは少し憂いを帯びた声でそう言った。

戦力としてのサクラとその率いる部隊は、わずか五年で侯爵家になくてはならない存在というところまで届こうとしている。

当然だが彼女らがいなくても侯爵家は回る、五年前に戻るだけだ。

しかし彼女たちがいれば数倍は速く回る。トラブルを未然に食い止め、犯罪組織を潰し、治安を良化させ、領民の安寧を守護してくれている。

役に立ってくれる上に本人が楽しんでいるのだから、感謝こそすれど無理に止めたりはしない。

だが、親の無能のツケを娘に払わせている現状には素直に喜べもしない。

直近十年の仕事の忙しさにかまけて、家族との時間を十分に確保することができなかった。

特にサクラとは、一緒にいてやるべき年頃に一緒にいなかった。

だから、サクラは影になり戦っている。必要ないはずだった苦労を掛けてしまっている。

だから、だからこそ――

「戦争は、したくないよねぇ……」

「ええ……」

「十年間、そのために頑張ったんだもの」

「ええ……」

「まだまだ頑張らないとねぇ」

「もちろんですとも」

――それに見合うだけの明るい未来を、渡してやりたいものだ。

おわりに

翌日。トゥモロー。ネクストデー。

まあまあ面倒くさかったパーティーも終えて、今日はみんなでお茶会なのです。

私と兄上、リーとヘイリーついでにトーマス。そして義姉上とティシアも一緒です。

「アブソルートでは侍女の方も一緒に食事するんですね」

「ええ、我が家はみんな仲良しなのです！」

「…………（首をしきりに上下に振る）」

「ヘイリー、嬉しいのはわかりますが顔がうるさいです」

「…………!?（顔が!?って顔）」

「ふふ、私たちのところは祖父が厳しいから……少し羨ましいわね」

「……あの、やっぱり僕は外で待って――」

「待てトーマス、男が俺一人になるだろ」

そんな感じでガヤガヤしながら入店。

「ふぉおおお……」

カランカランと鳴るカウベルの音を背に店内を見渡します。

赤い絨毯と白い壁。紅白を基調とした清潔感のある内装に橙の落ち着いた光。そして仄かに漂う紅茶の良いかほり。

言ってしまえば雰囲気の良い喫茶店というだけで他に特徴があるわけではないのですが、私は感動を禁じ得ません。

憧れでしたからね。だって憧れでしたからね!!

名言は何を言ったかではなく誰が言ったかで決まる感じ。……違うか。まあいいや。

このJ・J・Jは王都のメインストリートにて二十数年前より店を構えるスイーツキッチン。お菓子に対する従来の『とりあえず、砂糖』的価値観を覆した革新的調理法のパイオニア。

まあ要するに王国で一番お菓子が美味しいお店です。

持ち帰りですら二時間待ち、イートインの予約なんて半年先まで埋まっています。

だけど今日はそう……侯爵特権でこう、ね。

貴族とは斯くも強欲で愚かしく、お菓子の魅力には逆らえぬ生き物。

父上にはどれだけ感謝しても足りません。お土産買って帰らないと。

「兄上!!　今日は何食べても良いんですよね!?」

「おかわりもいいぞ」

「にゃんと、それは真ですか」

「ここで嘘言ってどうすんだよ……」

この店、商品のクオリティを考えるとそう割高ではないのですが、それでも軽く兄上の一か月分の給料は吹き飛びそう。大丈夫なんでしょうか。

「実を言うと陛下から小遣いもらってな、今日の代金はあっち持ちだ」

「つまりここでこの店を買収すればその代金も王家が払うことに」

「なるわけねぇだろ」

ですよねー。

ってことで店員さんに案内されるがままに奥へ。予約のお客様限定の個室へと向かう。

甘い匂いが濃くなっていくにつれ期待感は爆上げ、テンションは有頂天、幸せゲージはオーバーロード。

私はドライじゃないフルーツのケーキが食べたい。

『――――』

と、その時。何か良からぬ声が聞こえた気がして反射的に足が地面に張り付いた。

体に籠っていた熱が急速に冷凍されていくのを感じる。

「おいサク――」

握り締めた右手を頭の高さまで上げて兄上の声を制する。

意図を察したのか他の皆も慌てて口を噤んでくれる。

耳を澄まして声の在り処を探すとそれはすぐに見つかりました。

店内に四つある個室の内の一つ。

なるほど確かに尾行しては入れる場所ではなく、多少の防音加工もしてあるようですから密談に使うのにちょうど良い場所かもしれませんね。

ですが、星の巡りが悪かった。


『だから、あれだけのお膳立てをされておきながらどうすれば失敗できるのかと聞いているのだ!!』

『膳そのものに毒が入っていたからだろう。リキッドは貴様らに言われた通りに動いて、連れ出すところまでは成功していたのだ。瑕疵があるとすればそもそもの計画と準備。ちょうどこの菓子のように、お前らは一々詰めが甘い』

『その連れ出すとこまで成功しておきながらなぜ失敗したのかと聞いているのだっ!!』

『招待客の面子が悪かったな。まさか意図的に招待客から外しておいたアブソルートを国王が私的に誘うとは想定外だった。まっ、運が悪かった』

『そんな言葉で納得できるかっ!!　なんのために高い金を払ってやったと思っている!?』

「ほう、どれだけ払ったんだ?」

『五千万だ!!　全額じゃないぞ!!　前金でだ!!』

「そいつは高い。そりゃあこの怒りもごもっともじゃないか?」

『契約の際に言っただろ、高い前金は成功を保証するものではない。賭けに負けたと思うんだな』

「それなら仕方ない、契約書は絶対だ」

『ふざけるなぁっ!!　こっちは命が懸かっているのだぞ!!』

「なんと命が。さすがに冷たいんじゃないか？　グレイゴーストさんよ」

『なんと言われようが契約は契約だ。ビジネスである以上、そこに私情は挟まない』

「うむ、それもまた一つの正義。反論の余地は無し」

『こっ、このような失態……あの御方がどれほどお怒りか……』

「あの御方？　誰だそれは？」

『それはもちろんさっ――』

「さ？」

『『…………』』

「その話、詳しく」

聞かせてもらおうじゃーあーりませんか。

まあ、賭けに負けたとでも思ってくださいよ。


ワシこと王国侯爵アレクサンダー・アブソルートは悩んでいる。

それはもう、悩みに悩みまくっている。ワシの人生史上二番目の難問。

またワシだけでなくこれまでの人類史で数多の男たちが解を求めて挑戦し、砕け散っていった永遠の謎について。

「お館様、ただいま戻りました!!」

王都の別邸でクールにシエスタっていたところ、スイーツを食べに行っていたサクラが元気に帰ってきた。

「おかえりサクラ。ケーキ美味しかった?」

「はい!!　それはもう美味しかったです!!　つきましてはお館様にもお土産が!!」

「おっ、なになに?」

「はい、こちらの……」

——正直に言えば、既にそれが何かは理解していた。

だって二度目だし。

気まずい顔のジョー。どこか誇らしげなリーとヘイリー。なぜか落ち込んでいるトーマス。

そして両手に摑んでいる首根っこ。

「ネズミです!!　しかも二匹ですよ!!　二倍です二倍!!」

満面の笑みで本日の狩りの成果を語るのは十三歳の愛娘。

それを見て、密かにお土産のラムレーズンのケーキを期待しながらソワソワしていたワシは。

「どうして」

と、それしか言えなかった。
やっぱり、育て方間違えたかもしれない。

特別書き下ろし

お嬢様、どうか○○○だけはマジでおやめください！

それは、子を持つ親に与えられた必罰の楔《くさび》。

退くも進むも同じく地獄、敗戦不可避の背水の戦場。

その戦いに勝利の二文字は存在せず、どのような結果であれ名誉も賞賛も得られはしない。

それでも、目を背けることだけは許されない。最善を尽くす以外の道はない。

少しでも、ひと欠片でも、より良い未来のために。

——どうもみなさんこんにちは。アレクサンダー・アブソルートです。

なんとなく冒頭で難しそうな言葉をたくさん使ってみたのだけど、とりあえず現状を簡潔に説明しよう。

そう、ワシことドゥーリンダナ王国東方侯爵アレクサンダー・アブソルートは悩んでいる。

それはもうめちゃくちゃ悩んでいる。

…………この人いつも悩んでるね、かわいそう。

なんてこと言ってはいけない。この悩み、そして子の悩み、全ては一冊の本から始まった。

執務室で仕事をしている時に訪ねて来たサクラが、古ぼけた本を片手に言った言葉。

「父上、これの四十八巻ってどこにありますか?」

読んでいる本の続刊が見当たらないという、なんてことないようなありふれた家庭内の一幕。

微笑ましい光景ではないだろうか。家族の会話のキッカケにもなる。

……まあそれも手にしている本のタイトルが――

【アブソルート流忍術〈その四十七〉五遁・超難　著：ルクシア・アブソルート】

――なんて、物騒なものでなければの話なんだけど。


初代アブソルート家当主、ルクシア・アブソルート。海向こうからの渡来人だったと言われる彼女はこの大陸において、原初にして最強のニンジャだったという。

そんなご先祖様が唯一形として遺した痕跡が、全五十巻にも及ぶ書物。

すなわち【アブソルート流忍術】である。

基礎、応用、展開、そして特殊技能。おおよそニンジャになるために必要なものが全て記されており、一巻毎に座学実践を経てから巻末にある課題をクリアする。

それを五十巻まで繰り返し終えたその先に、現代のルクシア・アブソルートが完成するって寸法なのよね。

……おわかりいただけただろうか。サクラが四十八巻を探している、その意味を。

人によっては、それがなんだと思うだろうか。いまさらなにをと思うだろうか。

それも間違いではない。誰だってそう思う、ワシだってそう思う。

『もうサクラには好き勝手やってもらってそれをこちらで全力バックアップすればいいんじゃ

ね？』

と、考えた回数も数知れず。

だが、それは駄目なのだ。

なぜか？　では、キーワードを三つお教えしよう。連想してみてね。

『ニンジャ』『女性』『四十八』

ポク
ポク
ポク
チーン
……はい、あなたが考えたのは房中術ですね、これがメンタリズムです。

サクラに頼まれてルドルフと一緒に屋敷の書庫に赴いたワシが、やたらと見つけにくい場所に厳重に隠してあった四十八巻を見つけ、その表紙を見ると――

【アブソルート流忍術　〈その四十八〉　房中術♡　著・ルクシア・アブソルート】

――などと地獄のような文字が書かれてあったそうな。

『なんでハート？』『ご先祖様そういうキャラだったの？』なんてツッコミはひとまず脇に置いておこう。今回の本題はそこではない。

勘案すべきは二つ。

第一にサクラがこの本を探しているという現状。

第二にサクラの性知識はおしべとめしべがあーだこーだで、キャベツ畑にコウノトリという漠然とした超低レベルっぷりという事実である。

具体的には童貞を「女性とキスをした事の無い男性」という意味で使っていることからある程度察することができるだろう。

そうつまり、今回の悩みというのはぶっちゃけ『娘への性教育』についてである。

こう言うと大したことはなさそうな感じもするが、事態は急を要している。

「これ、やばない?」

「……やばいですな」

状況はルドルフが『やばい』なんて単語を使うぐらいやばい。

性倫理の確立されていないサクラの手にこの本が渡るのは絶対に避けねばならないのだ。

ならばさっさと性に関する知識を先に教えれば良いと他人は思うかもしれないが、それについては慎重にならざるを得ない事情がある。

サクラの部下である屋敷猫。メンバーの多くが元々不幸な身の上にいた関係上、そういった目に遭っていた者もいる。

屋敷猫の面々やルドルフに侍女長などの強固なガードによって漠然と「酷い目に遭っていた」としかサクラは知らない。

だが、いま知識を得てそこに思い至ってしまうと、十三歳という幼さと、彼女らと心を通わせているがゆえに性に対して激しい嫌悪だけを覚えてしまう可能性がある。

それは正直、よろしくない。

だからこそ知識のインプットは精神が成熟するまでいま少し時間が欲しい。

……これは過保護なのかもしれない。が、貴族令嬢への対応など普通過保護で然るべきだ。

「どうしようこれ」

「ひとまず、お嬢様には見つからなかったことにするしかありませんね。保管場所もよく考えなければいけませんが……中々、難しゅうございますな」

口調こそいつもの穏やかなソレだが、ルドルフの表情は固い。目は真剣そのものだ。

元の場所に戻しておいても見つかるのは時間の問題。

だがこの屋敷でサクラの手の届かない場所、そんなものが実際に存在するのだろうか。

アブソルート侯爵家を最も知り尽くしたルドルフであっても、サクラを出し抜くというのは極めて困難、実に難題。

いくら完璧執事であろうとも、それを上回らんとする力の前に膝を折るしかない。欠点が無いというのは全能という意味ではないのだから。

『…………』

書庫に満たされる沈黙。

手が無いわけではない。好ましくない手なら、いつだってそれはある。

例えば個人の部屋に匿う方法。サクラは屋敷内の全てを掌握してはいるけれどいたずらに個人のプライベートを暴くような子じゃない。

まあ明らかに怪しい動きをしている場合はその限りじゃないけど、ワシャルドルフが超重要な書類を部屋に隠していたとしたら、気づいてもそのまま触れずにおいてくれる。

だが、この案にも問題点が二つある。

一つは、まず間違いなく『隠している何か』が存在すること自体は確実にバレてしまうと考えておいて良いだろう。

察しの良い子であるサクラが機密保持のために遠慮して部屋を訪れてくれる機会が激減すること請け合い。

そんな悲しいことが他にあるだろうか。いやない。

ただでさえワシもサクラも忙しいのに家族の時間がさらに減っちゃうのお父さん悲しい。

そして第二に、こちらの方が重大な問題なのだけどバレたときのリスクがデカい。

すごくデカい。本当にデカい。

サクラの探している物を故意に隠す、その行為が万が一にも露見してしまった時の好感度ゲージの下がりようは如何ほどのものだろうか。

なにせあの子がこの世で最も忌避するものこそが『蚊帳の外』だ。

理由があってのことではあるが『自分に何の相談もなく』そして『嘘を吐かれた』と知ったサクラはひどく悲しむに違いない。

加えてサクラから見れば『努力しようとするのを邪魔される』という形になるので、悲しみはやがて怒りに変わり、もしかしたら当分の間まったく口を利いてくれなくなるかもしれない。

それは、絶対に、嫌だ。

「ルドル――」

「お断りいたします」

「まだ何も言ってないよ!?」

「聞かずともわかりますとも。ですが、私もお嬢様には嫌われたくはありません」

「うぐっ……」

くぅ、エスパーめ。

さらりと笑顔で人の心を読むのはやめてほしいね。

「週に一度、指南役として指すお嬢様との一局がこの老骨めの生きがいですゆえ、それを奪われるとあっては抵抗しないわけにはいきませんね」

「あれ、そんなことやってたの?」

初耳。サクラも将棋やってたんだ。

「ええ、知識は応用できねば意味がありませんからね。知識を知恵として活かすための脳トレーニングとして、かれこれ三年は続いておりますよ」

「えー、ワシも呼んでくれればいいのに……」

「旦那様に負けるところを見られたくないのでしょう」

「え、ルドルフってチェスだと国で一番取ったことあるよね……?」

将棋は海向こうからの輸入品だからまだ王国にはそれほど普及してないからあれだけど、似たルールのチェスで王国のテッペンを取ったルドルフに勝てないからといって落ち込む必要はない、はずなのだけど……。

「関係ありませんよ。向上心の塊のようなお人ですから。善戦・惜敗・敢闘賞、お嬢様にとってそれらの言葉は意味を持たないのでしょう」

「ストイックだねぇ……」

まあそのストイックさのおかげで、いまとっても困っているんだけど。

おかしいなぁ……あの本も一年前はまだ十二巻とか読んでる途中だったのになぁ……。

「ちなみにですが、今は飛車角香車の四枚落ちで私と互角といったところですかね、いやはや将来が楽しみでございますなぁ」

「……ワシより強いじゃん」

十枚落ちでもルドルフに勝てないのにね、ワシ。

どうしよう、サクラと一局指してみたいけどボコボコにされたら父親の威厳が……。

……元々無いかもしれない、そんなの。

というか気を遣われて忖度《そんたく》される可能性の方が高そう。手加減されながら、

『いやー、父上はとってもお強いんですね！』

とか言われたらもう目も当てられない。

良かった……今のうちにサクラの実力知れておいて……。

――じゃなくて。話が脱線し過ぎた。

今はこの本をどう隠匿するかが先決。こんな本、サクラには一万年と二千年は早いもんね。

と、その時。つい開けっ放しだった書庫の扉からひょっこりとサクラが顔を出した。

「父上ぇ、ありましたかー？」

「くぁwせdrftgyふじこlp!?」

「えっ!?　だ、大丈夫ですか父上!?」

「だっ、だいじょうぶ、だいじょうぶ……」

ビックリし過ぎて変な声出ちゃった。もう一回発音しろって言われても多分できない。

くっ、娘の心配そうな顔と部下の苦笑いが心に痛い。

だけど幸い本は咄嗟に背中に隠せた。セーフ。

「大丈夫なら良いのですけど……」

しかし問題はここから。今後この本をどうするにしても、まずここを乗り越えなければ話にならない。

娘に嘘を吐くのは心苦しいが、ここで逃げるわけにはいかない。

今こそ心を鬼にするとき!!

「それで、四十八巻はありましたか？」

「うーん、それがね、残念だけどここにはなきゃったみひゃい」

間。

間。

間。

……待って。

待って。

違うの。

いや違わないけど待って。

…………………噛んじゃった。

「「………………」」

くっ、娘の真顔と部下の呆れ顔が心に刺さる。

「父上……？」

こてっと首を横に傾げ、下から顔を覗き込むようにしてサクラはワシに問う。

ちょっと待って、目に光が無いよ。怖いよサクラ。

「なにか、隠していませんか？」

ぎくり。

「かかか、隠してるだなんてそんなっ……そ、そ、そんなことないよ？」

「……父上って嘘を吐くとき、右手を後ろに隠す癖がありますよね？」

「えっ!? 嘘っ!?」

慌てて右手を確認してしまう。そんな癖があるとはまったく知らなかった。

そりゃあワシのポーカーフェイスを以てしてもババ抜きで十連敗ぐらいするよ。

「ええ、嘘です。父上にそんな癖はありません」

「あ、そうなの？　なぁんだ良かっ――」

そしてサクラの言葉に一瞬安堵したのも束の間、気づいたときにはもう遅い。

「それで父上。右手のその本、なんですか？」

それは、仇桜のような、笑顔でした。


「それ、私の探しているやつですよね？」

「……はい」

私がそう聞くと父上はだらだらと汗をかきながら頷かれました。

別に怒っているわけじゃあないんですけどね。なんで私から隠そうとしたのかは不可解ですが。

ともあれこれで四十八巻が手に入ったのでルクシア様シリーズはコンプリート、完全会得までは残り三冊とかなりゴールに近づきました。

してして？

次の内容は……はて？

ぼーちゅーじゅつ……聞いたことありませんね。

房中術ってなんです？

房の中ってことは厨房の中という意味でしょうか、つまりは調理法？　レッツクッキンなのです？　料理とニンジャになんの関係が…………あいや待たれよ、もしかして兵糧丸のことでしょうか。もしくは野外での食材の調達と調理方法。

母上曰く、料理は真心らしいのでタイトルに「♡」が付いてるのも納得です。

まあ考察はほどほどに、とりあえず早速中身をば――

「お嬢様、その本を読むのは少々お待ちください」

――拝見しようとしたところ、ルドルフに物理的に制止される。

「え、なんで？」

「この巻だけは保存状況が悪かったのか他に比べてかなり劣化しております。少し力を入れるだけで紙が崩れてしまうかもしれません」

「そーなの？」

あまり他の巻との違いはわかりませんが……ルドルフが言うのならそうなのでしょう。

「ええ、ですのでまず写本するところから始めねばなりません。私の方でやっておきますので一度こちらにお貸しください」

「……むぅ、残念。できるだけ早くお願いしますね」

「ええ、承知いたしました」

すぐに読めないのは残念ですが仕方ありません。大人しく一度ルドルフに渡します。

急がば回れ、焦って本が読めなくなってしまっては本末転倒ですからね。

二人と一緒に書庫を出まして、屋敷の二階を歩きながら考えます。

さて、今日は何をしましょう。

家庭教師から与えられた宿題は全部終わっています。領内の警邏は屋敷猫でシフトが埋まっていますし……鍛錬しようにも昨日四十七巻の課題を終わらせたばかりで筋肉痛がひどく無理はできません。暇ですね。

ふむ……ふむ？

せっかくだし、自分で写本すれば良いのではないでしょうか。

それなら早く読めるし、忙しい皆の手を煩わせる必要も、わざわざ古語の読める訳者を呼んでくる手間もありません。集中力も鍛えられそうです。

ナイスアイデアでは？

「ルドルフルドルフ」

「はい、どうなされました」

「やっぱり私が自分で写本します、本返してください」

「…………いえいえ、お嬢様にそのような地味で面倒な作業をさせるわけには――」

「構いません、私がやりたいのです。それによく考えるとそれ全部ルクシア様の直筆ですよ直筆！写本とは込められた想いと歴史が違います！」

だからこそ、そこに価値があるのです。

などと私が力説するとルドルフは少し思案した後、ほっと息を吐きます。

「やむを得ませんか……」

「そうでしょうそうでしょ……ん？　やむ？」

やむを得ないの？　仕方ないではなく？

私が首をひねっていると、ルドルフはおもむろに廊下の窓を開け――

「そぉぉぉいっ!!」

「投げた――――――――――――っ!?」

――本を全力で庭に向かって投げました。最速165km／hの強肩で。

「にゃんで!?　にゃんで投げたのルドルフ!?　そんなことしたらボロボロににゃって読めなく――」

……にゃってませんね。もとい、なってませんね。驚きすぎて滑舌が死んじゃった。

本は風に吹かれてぺらぺらとめくれていますが特に破れるとか崩れるとかはなく、そのままポトリと草むらの上に落ちました。

「え、なんで？」

だけどルドルフは私の疑問には答えずに、そのまま窓の外に向けていつもの穏やかで優しい声とはまるで違う、大きな声を張り上げました。

「総員、第一種戦闘態勢に就け!!　くり返す!!　総員、第一種戦闘態勢に就け!!　全ての作業員は現在の業務を停止!!　各自作戦の遂行に尽力せよ!!　作戦ナンバーは0396!!　ナンバーは0396だ!!　これは訓練ではない!!　もう一度言うぞ!!　これは訓練ではない!!」

執事になる前は一軍の将として兵を率いていたルドルフ。その貫禄を十二分に感じさせる重く、そして遠間まで響くような声でした。

「いやでもだからなんで!?」

「お嬢様、申しわけありません。あの本をお嬢様に読ませるわけにはいかないのです」

「だからなんで!?」

「……理由をお伝えすることはできません」

完璧執事には本当に珍しい苦渋の表情で、ルドルフは私にそう告げました。

「わ、私は房中術を覚えたいだけですよ!?」

「それが駄目なのです」

「な・ん・で!?」

「なんででもです」

「～～～～もういいです!!　勝手に読みます!!」

この状態のルドルフに聞いても埒が明きません。自分で回収して自分で読みます。

筋肉痛に耐えながら急いで階段を下りて庭に出ると、すでに本は回収された後でした。

「あの後ろ姿は――」

銀光眩い鎧姿に短く切り揃えられた金の髪。

「トーマス!!」

第一走者：トーマス・パットン

「トーマス、その本を渡すのです」

「それは、それだけはできません。サクラ様」

早々に追いついた私に、トーマスは本を懐に抱え堅守の構えを見せます。

「主の言うことが聞けないのですか!!」

いつもは何を言っても大概聞いてくれるのに!!

「……お嬢様がどこの馬の骨とも知れぬ輩に房中術を使われるぐらいなら……僕は、僕は今ここで自分の首を斬って死にます!!」

「な・ん・で!?」

物騒なこと言わないでくださいよ!!　房中術ってよくわかりませんがなんかこう、特殊な調理法とかそんな感じのサムシングでしょう？　大袈裟じゃないですか？

「言えません。僕の口からそれを言うことは許されない。けれど、そうすることでしか僕はっ!!耐えられないんです!!」

「なっ、ならトーマスにも使ってあげますから!!　それでいいでしょう!?　ねっ？」

「っ――――!?」

お、今のは効きましたかね。目がすごい速度で揺れてますよ。心もグラッグラですね。

トーマスはよく頑張っていますから、主自ら手料理を振る舞うのも全然やぶさかではないです。

「だからねトーマス、その本を――」

「なりませぬ」

「えっ……」

「なりませぬぞぉっ!!　サクラ様ぁっ!!」

「えぇ…………」

めちゃくちゃ歯を食いしばりながら血涙流してる……。

そ、そんなに駄目なの？　どこらへんが？

第二走者：ウィリアム・アブソルート

「おいおいサクラ、あんまりトーマスをいじめんなよ」

目と口と拳から血を流すトーマスから本を取り上げながらウィル兄が言います。

「ウィル兄まで私の邪魔をするんですか！　騎士団の仕事はどうしました!!」

「いやだって総員集合って言われたらなぁ……それに邪魔者扱いはひでぇ、これでもみんなお前のためを思って動いてんのに」

「私のためを思うなら本を返してください!!」

「お子様には五年は早いな、もうちっと大人にならねぇと」

……五年？　大人？　……はっ!?　そういうことですか!!

「子供扱いしないでください!!　私はもうピーマンだって食べられれんですからね!!」

大人の味覚だってバッチリ理解していますとも!!

ブラックコーヒーはまだ無理だけど!!

そう宣言するとウィル兄は大口を開けて笑い出しました。

「くはははははっ!!　やべぇな、そこから勘違いしてんのか!!　そりゃますます早ぇわ!!」

呵呵大笑《かかたいしょう》とはこのことだと言わんばかりに腹を抱えて大笑いするウィル兄。

なんですかなんですか!!

馬鹿にしくさっちゃって!!

第三走者：レオーネ・カレン・クロエ

筋肉痛で実力の半分も発揮できない私がポカポカと殴りつけてもピクリともしないウィル兄は途中で近くにいたレオーネ・カレン・クロエの三人に本を渡し、トーマスを引きずりながらどっかへ行ってしまいました。

「ねぇみんな!!　みんなはわたしの味方ですよね!!」

だってこの前兄上と喧嘩した時も私たちは『ＯＮＥ　ＴＥＡＭ』だったではないですか!!

サクラの戦士たちはいつだって私と共にあるのですよね!!　ね!?

「……悪いなお嬢様、これだけは譲れねぇ」

「私も、たとえお屋敷をクビにされたとしても、許せないことがあります!!」

「と、とうてい、容認、できないっ!!」

明確に、私を拒絶する三人。

そんな、この三人までも私を裏切るなんて……。

信じて、いたのに……。

「……かくなる上は力ずくでも奪い取るしかっ!!」

言ってはなんですがこの三人はまだまだ発展途上、たとえハンデがあったとしても現状私が負ける要素など一つも――

「カレン!!（オフロードパス）」

「クロエさん!!（オフロードパス）」

「れ、レオーネ!!（オフロードパス）」

「ビックリするほど『ONE　TEAM』!?」

――ありましたね!!　チームワークが!!　私抜きの華麗な連携が!!

「ヘイリー!!（オフロードパス）」

「…………!!（ジャンピングキャッチ）」

「なにっ――――!?」

くっ、私の部下の中でも一番の身体能力を誇るヘイリーまでも敵に回るのですか!!

第四走者：ヘイリー・ベイリー

全力の追いかけっこの末、ヘイリーを庭の隅に追い詰めました。ローファーとスカートでめっちょ走りにくい!!　ふくらはぎ攣りそう!!　ぶっちゃけしんどいです!!

「ヘイリー、本を」

私とヘイリーの付き合いは屋敷猫の中でも二番目に長い。ここでヘイリーにまで拒絶されてしまうと私のメンタルが本日サンドバッグです。

「…………………（首を静かに横に振る）」

「ヘイリー!!　なぜです、なぜあなたまで私を助けてくれないのです!?」

そう問うても、ヘイリーは喋れない。だけど、答えが返ってこないとわかっていても、聞かずにはいられませんでした。

「…………………だっ」

しかし、音を紡げないはずのヘイリーがたどたどしく口を開きました。

「え……？」

聞き間違いかと脳が混乱する中で、もう一度。

「……だっ……めっ!!」

ひどく掠れた、聞き取りにくい声でした。しかし強く、どこまでも強く、感情のこもった声。

今まさに、間違いなく、ヘイリーは幼い頃に喉を焼かれてからの十年以降、初めて——

「ヘイリーが……」

「ヘイリーさんが……」

「しゃ、喋った……」

――喋ったのです。声を出したのです。想いを音で「これはだめ」と、伝えたのです。

いいえ、声だけではありません。いつもコロコロ楽しそうに移り変わる表情は、目に涙を溜めながらも怒っています。いつも忙しない両手はぎゅっと本を抱きしめています。

それだけ、伝えたい想いがそこにあっ――

「――いやこのイベントここで消化します!?」

喋れないはずの少女が必死の思いで言葉を紡ぐ。これ本来なら車椅子の少女が初めて自分の足で立つぐらいの感動シーンじゃないんですかね!?

ここで使うの!? 正気!?

第五走者：リー・クーロン&侍女ズ

ツッコんでたら逃げられてしまいました。そして次に本が渡ったのは屋敷猫のリーダー。

「リーは、リーだけは私の味方ですよね？ だって、一番長く一緒にいたんですもん……リーにまで見放されたら私……わたしは……」

震える声で私はリーに尋ねます。あ、ちょっと待ってください。本当に泣きそう。

「お嬢様、申しわけありませんが……」

しかし、私の最後の希望であるリーは、唇を強く噛みながらも首を横に振りました。

「やだやだぁ!!　リーだけは私の味方じゃないと嫌なの!!　リーは私の、私だけの侍女なんです!!　お願いだから裏切らないで!!　ずっと一緒にいて!!」

「お、お嬢様、そんなにも私のことを……」

いや本当に、掛け値なく、私リーに否定されたこと一度もないからショックがやばいです。

ガラスのハートがブロークン。

「お嬢様、いま私がそちらに――」

さあリー、早くこっちに。私の心を慰めてください。

「待ちなさいリー!!　そっちに行っては駄目よ!!」

「ここであなたが負けては全ての努力が無駄になるのですよ」

ちょっと!!　邪魔しないでください!!

「で、でもお嬢様が!!」

「お前はなんのためにここにいる!?　思い出せ使命を!!　いま一度胸に問いかけるのだ!!　今のお前を突き動かしているのは忠義か、それとも私欲かを!!」

なんでそんなこと言うのです!!　私とリーは一心同体。完璧に心が通じ合って――

「……お嬢様、すみません。そちらには行けません。私はいま、お嬢様の未来を守っているのです」

侍女の言葉にその場に踏みとどまったリーが、私の目を見て断言する。

「そん、な……リー……」

目の前が、真っ暗になった。

第六走者：メーテル

それからどうしてたか覚えてないけど、気がついたら本を持ったメーテルが前にいた。

「お嬢様ぁ!!　私はお嬢様の味方で――」

「メーテルはいらない」

「なんでぇ!?」

メーテルはいらない。なので叩く。

「いたぁい!?」

「だぁっしゅ!!　奪取ダッシュ!!」

房中術の本を手に入れた。

第七走者：ジョー・アブソルート

みんなから逃げ回り庭の隅っこに隠れていた私。そこに兄上が歩いてきました。

「あ、兄上も私をいじめるんですか……？」

「こいつ、完全に人間不信に陥ってやがる……」

だって会う人会う人みんな私のこと裏切るんですもん。そうなりますよ。

「まあ落ち着けよ。ほら、ドーナツとホットミルクだ。やるよ」

「え!?　食べていいんですか!?」

「おう食え食え、おかわりもあるぞ」

「にゃんと!?」

なんと優しい兄上でしょうか。まるで砂漠のオアシス、もしくは雪山の焚火《たきび》小屋。

美味しいドーナツ、ホットミルクも合わされば天国への扉が開いたような気分です。

「うみゃー……」

「ほら、本持ってると邪魔だろ。持っててやるからこっち渡せ」

「あ、はい。ありがとうございます兄上」

「よしよし、じゃあ先に屋敷に戻ってるからな、食い終わったら戻って来い」

「は――い」

手をひらひらさせながら屋敷に帰る兄上。

いやそれにしても、太陽の下で楽しむドーナツとホットミルクは素晴らし――

……太陽の下で楽しむ必要ありますかね、これ。というか本、盗られてますやん。

「騙されたぁ――――――――!?」

もしかして私って馬鹿なのでしょうか……。

アンカー：フローラ・アブソルート

自室に設置された暖炉の近く、ゆっくりと一定のリズムでロッキングチェアを揺らしながら母上は静かに本を読んでいました。

タイトルは私が求めていたそれ。房中術の本でした。

母上は頭に「?」を浮かべながら、不思議そうにどんどんページをめくっていきます。

「はは、うえ」

「……んー?　あーっ、サクラちゃん、いらっしゃーい」

呼びかけると母上はパッと顔を上げて部屋に招き入れてくれます。ぽかぽかのお日様のように温かい笑顔と共に。

「母上、その本は?」

「これー?　これはねー、ジョーがさっき持ってきたの。どう使うかはお母さんに全部任せますって、それだけ言って帰っちゃった」

「……それ、私も読んでいいですか?」

「サクラちゃんはこれを読みたいの?」

「はい」

「どうして？」

「えっと、だってそれを読まないとルクシア様になれませ――」

「ぶぶー、サクラちゃん、失格でーす」

母上は両手でばってんを作りながら言いました。

「な、なんでぇ？」

「確かにご先祖様は偉大な人。だけど、サクラちゃんはルクシア様にはなれないし、その逆も同じ。お母さんはね、サクラちゃんは最高のサクラちゃんになってほしいのです」

「私は、最高の私」

「ということで、こんな本は暖炉にポイーです」

言いながら本当に母上は本を暖炉に投げ入れてしまいました。

「も、燃やしちゃっていいんですか？　貴重な物じゃ……」

「いいの、いいのー。中身なら全部覚えちゃったしだいじょーぶー」

本当に良いのかな……。何百年も前の貴重な書物が……。

「お母さんは歴史よりサクラちゃんが大事なの。ほら、お話しましょう？　なにか聞きたいこととか、話したいことはある？　お母さんはあるよ」

朗らかに笑う母上にそう言われると、もうお手上げです。

「えっと……じゃあ結局、房中術ってなんなのですか？」

料理の本じゃないのはなんとなく理解しましたけど……。

そう聞くと、母上は少しだけ上を向いて考えた後、人差し指を口に当てて言いました。

「みんなには内緒だよ？」

おまけ：アレクサンダー・アブソルート

「ジョー、あの本どうしたの？」

「母上の所に。ああいう時は母上に任せれば良いと、この前学びましたから」

あとがき

拝啓、読者の皆々様。

お元気ですか。

僕はピンチです。危機的状況です。なぜならあとがきが全然書けていないのです。

実はこの「お嬢様、どうかニンジャはおやめください！」は僕にとってのデビュー作になるのですが、つまりあとがきを書くのも人生初。

本編と書き下ろしの執筆やその他諸々の作業を終えて意気揚々と取り掛かったものの……。

まるで筆が進みませんでした。

書き始める前までは、思いっ切りはっちゃけようと思っていました、全部忍殺語で書いてやろうかなとも思っていました、書きたいネタや伝えたいことだって沢山ありました。

でもその全てがゲロゲロに滑っている気がしてならんのです。

幾度のバックスペースを越えて連戦連敗、虚空へと旅立った文字数はおよそ一万と二千。八千字を見送ったあたりから心が虚無虚無しております。

何を書けば良いのでしょう、何を書けば許されるのでしょう、そもそも僕は誰に許されたがっているのでしょうか。分からない、何も分からない。人生って何だ。

よぐわがんね。

とは言え、浅学菲才《せんがくひさい》の僕にも一つだけ分かることがあります。

お金は大事、そして1320円は高いということです。高い。油断するとレジで合計金額にビビってしまう程度には高いです。少なくとも、漫画が主食の僕にとっては。二冊分の値段と思うと購入に際して多少の躊躇《ためら》いを覚えてしまうほどには。

ゆえに、だからこそ読者の皆々様にはお伝えしたいことがあります。

もしあなたがお小遣いをやり繰りしているのなら。無限に近い選択肢、その中から拙作を選んでくれているのだとしたら、その勇気と決断に。

もしあなたが働いてお金を得ているのなら。流した汗の対価、その使い道に拙作を選んでくれているのだとしたら、その勤労と判断に。

心からの敬意を。そして僕のような無名の新人の作品をあとがきまで読んでくださっていることに、最大限の感謝を、ここに記したいと思います。

誠にありがとうございました。

この作品が皆様にとって、幾ばくかの無聊《ぶりょう》の慰めになれば幸いです。

そして次に「小説家になろう」の場末で人生すみっコぐらしをしていた拙作を拾ってくださった担当編集様、書籍化を通してくださったアース・スターノベル編集部の皆様、素敵なイラストを描いてくださった乾和音様、書籍を彩ってくださったデザイナーの冨永尚弘様、そんでもってこの本の完成まで携わってくださった校閲から流通までの皆々様へ。

これからの皆様の道行きが、喜びに満ちた花の旅路とならんことをお祈り申し上げます。

——と、ここまで書いたところでやっと半分です。まだ半分か。嘘だろブラザー。

挨拶したり、謝辞ったり、ラジバンダリしていればあとがきって終わるものではなかったのですか。いやラジバンダリはしてなかったですかね。そもそもラジバンダリってなんなのでしょうか。

分からない。何も分からない。宇宙って何だ。

よぐわがんね。

しかし書くこともないので残りのスペースで少し本編の内容に触れましょう。

先にも述べたように本作は「小説家になろう」にて地味に連載していたものを、推敲したり改稿したりなんやこーやして書籍化したものになります。ストーリーラインこそ変わってはいませんが、文字数も二万字ほど増え、小説としてのクオリティアップに大きく成功しているのではないかと自負しております。

まさに、美味しくなって新登場と言えるでしょう。

WEBからの読者の方には以前との違いも探しながら楽しんでもらえたらと思います。新しいギャグ、存在を消されたキャラクター、露骨に増えた情景描写など各種取り揃えておりますゆえ。

そして新規の読者の皆様。本編の内容はいかがでしたでしょうか。

ニンジャを自称する十三歳の女の子が愛のままに我儘《わがまま》に好き勝手するお話。

答えはそう「よぐわがんね」ですね？　これがメンタリズムだったら良いなと思います。

違ったらごめん。しかし本作品の雰囲気に困惑している方がいると仮定して少し解説をしましょう。今作における主人公・サクラについて。

ノリと勢いで生きているように見えて本当は色々考えているけどいつも結論が斜め上、そんな彼女ですが実はニンジャであって断じて忍者ではありません、これ豆な。

そう、ニンジャ。スシが嫌いなのでネオサイタマの赤い人とはちょっと違うかもしれませんが、ニューヨークでピザ食ってる亀に類する存在です。

よって実在の人物・団体・忍者とは一切関係が無いのであしからず。すまんね。

ではそのニンジャとは一体何なのか？　答えは簡単、僕にも分からん、ゴウランガ。

……とまあ、そんな作者ですらどのジャンルに属するかよく分かっていないような胡乱《うろん》な本ではありますが、もし楽しんでいただけたのなら僕の苦労も全て報われるというもの。

……あと何か言うことあったかな。無いな、無いね。強いて言うなら表紙の腕良いよね。あれにやられて買った人とか絶対いるでしょ。覚えがある人は手ぇ上げてください、先生怒らないので。

大丈夫です。誰だってそうする、僕だってそうする。何も恥ずかしがることはありません、神は全てをお許しになります。だがこいつが許すかな！

——などと言っておりましたらそろそろお別れのお時間です。

言うべきことも粗方言い尽くしたので手短に。

さようなら。そして、またいつか。

敬具

シンジャ描くべし

ニンジャって
カッコイイですよね！
乾和音

EARTH STAR NOVEL

お嬢様、どうかニンジャはおやめください！

発行 ―――― 2020年3月14日　初版第1刷発行

著者 ―――― 青本計画

イラストレーター ―――― 乾和音（artumph）

装丁デザイン ―――― 冨永尚弘（木村デザイン・ラボ）

発行者 ―――― 幕内和博

編集 ―――― 今井辰実

発行所 ―――― 株式会社 アース・スター エンターテイメント
〒141-0021　東京都品川区上大崎3-1-1
目黒セントラルスクエア　5F
TEL：03-5561-7630
FAX：03-5561-7632
https://www.es-novel.jp/

印刷・製本 ―――― 中央精版印刷株式会社

© AOMOTO KEIKAKU / inui waon 2020 , Printed in Japan

この物語はフィクションです。実在の人物・団体・事件・地域等には、いっさい関係ありません。

本書は、法令の定めにある場合を除き、その全部または一部を無断で複製・複写することはできません。

また、本書のコピー、スキャン、電子データ化等の無断複製は、著作権法上での例外を除き、禁じられております。

本書を代行業者等の第三者に依頼してスキャン、電子データ化をすることは、私的利用の目的であっても認められておらず、著作権法に違反します。

乱丁・落丁本は、ご面倒ですが、株式会社アース・スター エンターテイメント 読書係あてにお送りください。

送料小社負担にてお取り替えいたします。価格はカバーに表示してあります。

ISBN 978-4-8030-1404-4